相思传系列

【千秋梦】

梦里不知身是客

杨千紫 著

漓江出版社
桂林

图书在版编目(CIP)数据

千秋梦·梦里不知身是客/杨千紫 著. —桂林:漓江出版社,2018.3
(相思传)
ISBN 978-7-5407-8377-8

Ⅰ. ①千… Ⅱ. ①杨… Ⅲ. ①故事-作品集-中国-当代 Ⅳ. ①I247.81

中国版本图书馆 CIP 数据核字(2018)第 002252 号

策　　划:景迷霞
责任编辑:周向荣
助理编辑:景迷霞
装帧设计:何　萌
封面插画:戴昕华
责任营销:景迷霞

出版人:刘迪才
漓江出版社有限公司出版发行
广西桂林市南环路 22 号　邮政编码:541002
网址:http://www.lijiangbook.com
全国新华书店经销
销售热线:0773-2583322

北京汇瑞嘉合文化发展有限公司
(北京市经济技术开发区荣华南路 10 号院　邮政编码:100176)
开本:880mm×1 230mm　1/32
印张:8.5　字数:140 千字
2018 年 3 月第 1 版　2018 年 3 月第 1 次印刷
定价:38.00 元

目录

彼岸之花，一场空欢

一　清明

四月，清明，细雨如织。整个城市像笼罩着一层雾，朦胧得好似幻觉。

我坐在摇椅上望着池塘里四季常开的睡莲，忽然有些落寞。阴霾的黄昏，潮湿的空气，原本尘埃落定的往事却激扬起来，在心里反复盘旋。我开始想念一些逝去的岁月和逝去的人。也许有些人，生来就不应该去爱上他人的。

我叫榷，慕容家世代相袭的阴阳师，专门为人解决灵异上的困扰。

天地间存在着不同的生命形态，看得到的，看不到的，合乎常理的，匪夷所思的，我们共同存在于这个世界，却常常不能彼此包容。阴阳师的职责就是调和这种矛盾。人类在命运面前是很无能为力的，偶尔我们也会帮人完成某种心愿，有关前世今生的心愿。

电话铃声突然响起，我迟疑片刻，接起。话筒里传来蓝心的声音："榷，你快叫人来给我开门！今天怎么把大门锁上了！"

蓝心的声音一如既往的清脆甜美。

我声色平静，说："今天，我不想见你。"

也许是没有想到我会这样生硬地回答，蓝心很明显地怔住了，即使隔着电话也感受得到。我知道她就在门口，手里正提着一盒新出炉的奶油蛋糕，原本甜蜜的表情霎时凝固。

"为什么？"她的声音低了下来。

“今天，是莲落离开的日子。”我淡淡地说。

蓝心挂断电话。断断续续的忙音显得有些荒凉。一直以来，她都是让我先放下电话自己才挂断的。她很爱我，我很清楚，只是，我无法确定自己是否只是将她当作寂寞的出口，以此怀念逝去的爱情。

这时，忽然有一种熟悉而肃杀的气息汹涌而来。有客人要来了。看来今天我注定无法安静地凭吊莲落。一直认为，尽我所能地帮助别人，就是对莲落最好的祭奠。我一边叫管家去开门，一边走回内堂，端正地坐在蒲团上。凭直觉，来者是个女子，或者说，她一直是以女子的面目出现的。不知为什么，近一年来我的客人都是女子，包括蓝心。也许这是因为女人对爱情对仇恨的执着，都来得更浓烈而决绝些吧。

一位娇小纤细的女子盈步而入，毫不隐藏自己眼睛里的智慧和尖锐，以及一种浓郁的哀伤。她穿着米白色的制服，大概是某所大学的学生，而她的实际年龄，是连我都无法一眼看穿的。

“我想请你帮我找个人。”她的声音很有韧性，定是个坚强固执的女子。

我点点头，没有说话。

“以你的法力，应该可以看出我的来历。”她看着我的眼睛，坦白地说。

我微微一笑。

她叹了口气，说：“曾几何时，他也是这样笑的，仿佛天下所有的事情都在他意料之中。明明是男子的唇，却好像涂了淡淡的胭脂，美艳嫣红。”

“你要找的人，也是一个阴阳师吧。”我开口道。

她点了点头，眼睛登时蓄满了泪水，她极力忍耐，不让泪水应声而下。

“有些人，找到了又怎么样呢？或许他已经不认识你了。毕竟你们之间的恋情是不被允许的。并且，事隔多年。”我继续说，一边拿出面纸，放在她面前的桌上。

她已泪如泉涌。

“慕容家的阴阳师是最出色的，而你又是千百年来慕容家最有天分的一代传人。我等了这么多年，请你帮我。”她擦干泪，抬眼看我。

“我会尽力。不过首先，你要将你们之间的事详细地告诉我，最好每个细节都不要漏掉。”

她点点头，手捧着一团白色的浓密如雾一样的气体递给我，说：“我还是有些法力的。这个梦境，是我所有的回忆，亦是我漫长一生中最珍贵的东西。”她并不对我掩饰她并非常人的身份。

我点头，双手接过。

二　前生

平安时代，日本天皇在朝中开设阴阳寮，以趋吉避凶，防止鬼神侵扰。

我第一次见到他，是在宫中的御花园。那时正值水无月，也就是农历的六月。花儿团团簇簇地盛放，莺儿立在树梢，欢快地鸣叫。

天皇晚上设国宴，这对初入宫廷的舞姬来说，是个难得的好机会。我在花园里的樱花树下练习晚上要表演的舞蹈，轻点脚尖，霓裳轻旋，不知不觉已是傍晚时分。我停下来，听见池塘边传来零星的掌声，我顺着声音望过去，忽然就愣住了。

夕阳细碎地洒在树影之间，昏红的光晕一漾一漾地散开，粉色的樱花纷飞落下。一个白衣翩翩的男子悠然地望着我，眉眼细长，鼻梁直挺，薄唇仿佛涂了淡淡的胭脂，嫣红明媚如女子。

“你的舞，很美。”他款步走来，樱花落在他胜雪的白衣上，无声地弥漫着芬芳。

我低了头，微烫的红晕在脸上汹涌地蔓延，摆弄着手中的丝绢，偷眼看他，想说些什么，却又不知道该说些什么。

“我叫广晴然。朝廷的阴阳师。”他躬身行礼，衣袂翩然。高高的黑色官帽更衬得皮肤白皙。

我局促地点头，抬头看他，对上他恬淡的目光，忽然就没了言语。

“你叫什么名字?”他见我不说话，继续问道。

“源紫陌。”我一字一顿地说。

他恍然，面上却隐隐然透露着一丝遗憾的神情。“原来你就是右丞相推荐给天皇的舞姬。小姐的舞艺，果然名不虚传。”

我迎着他的目光，羞涩地笑，心中却泛着甜。从未有过的一种甜。

这时，同是舞姬的筱雅高声唤我，说：“紫陌，右丞相他……”声音由远及近，她跑过来，看见我身边的晴然，蓦地收了口。

我躬身向晴然行礼，说了句告辞便转身离去。

樱花瓣在我身后簌簌地落下，黑夜逐渐吞噬了残阳。我在心中一次一次地告诫自己：源紫陌，你是没有资格喜欢上什么人的，更何况，是他。

那一夜，我盼望已久的盛宴忽然失去了颜色。我站在高高的莲花座上麻木地舞蹈，水袖轻摆，裙裾飞扬，一颦一笑中却不再饱含我的灵魂。台下的声色犬马，觥筹交错，都被我脑海中那袭胜雪的白衣所遮蔽，广晴然悠然恬淡的笑容，在我心中如花般盛开。

皇上笑意盈盈地望着我，意味深长。我别过头，水袖上的轻纱拂在脸上，细微的烦乱。若不是樱花树下的那场初见，我应该会心存感激地做皇上的女人吧？余光所及之处，明亮的光线照在右丞相年轻英挺的脸上，灼灼的黑目直直落在我身上，精光摄人。他朝皇上的方向使了个眼色，不动声色。我只好回转过头，对那个昏庸的王，绽出一副如花笑颜。

下意识地在众人之后寻找白衣黑冠的阴阳师。广晴然微举玉色酒杯，一脸温润的笑容，悠悠然坐在离右丞相不远的地方，我却不敢正眼看他。就在这时候，皇上一把拉我入怀，灼热的双手覆在我的肩膀上，沾染了酒气的眼睛直直地看着我，像在近距离地玩赏一朵捏在手中的花。我到底是训练有素的，此时本应欲拒还迎地望他一眼，可是想起广晴然那一袭胜雪白衣，心中蓦地对虚伪的自己生出一种厌恶。我怎么可以在他面前，这样投向别的男子？想到这里，我倏地起身，挣开皇上灼热的手臂。在座所有人都是一惊，没有人会预料，区区一个低贱舞姬，竟敢在众目睽睽之下拂了圣意。

皇上一怔，微醉的眼睛倏地瞪圆了，刚要发作，筱雅急忙挥开水袖，舞步翩跹地晃到皇上身边，双手蒙住他的眼睛，气息如兰地在他耳边说："皇上，筱雅的舞胜过紫陌十倍，今晚就由我来陪您，如何？"

皇上甩开筱雅的手，看看她，又看看我，唇边忽然掠过一丝意味深长的笑，径直走到我面前，幽幽地说："源紫陌，总有一天，我会得到你的心的，你相信么？"

众皆哗然。

无非是个才色尚佳的舞姬罢了。怎值得皇上这般痴痴倾心？

我怔住。右丞相赞许地望向我，满意地点点头。他以为我在用那招欲擒故纵的把戏吸引皇上注意吧。

我下意识地望向广晴然。

古铜的月色下，他轻轻别过头，错开了我的目光。

三　错爱

一纸书函，轻易就将宫廷最出色的阴阳师唤入未央宫。

倚红叠翠的秋千架下，晴然一袭胜雪白衣，翩然而立。

我向他走去，似雪的樱花花瓣簌簌落在我的肩膀上。见了我，晴然忙迎过来，姿态依旧娴雅，眉眼中却带着几分关切："信上说，未央宫午夜时常听闻凄厉的叫声，想必是怨灵作祟。你可有觉得身体不适？"

我见他这样为我担忧，直直望向他的眸子，希望可以在他眼中找到一丝不一样的情感。他的目光对上我探究的眼神，倏地一愣，似是忽然明白了什么。聪明如他，又怎会不知，我佯说未央宫有怨灵出没，也无非是想借此见他一面。

“晴然，我……可以喜欢你么？”他的眸子那么黑，如夜，似海，深得我想一下子陷进去，不得超生。我是右丞相故意安插在皇上身边的舞姬，是棋子，是男人的附属品。可是这样的我，遇见晴然之后，也会想要得到幸福。

晴然重重怔住，胜雪的白衣在月光下格外明亮，浓深的眸子瞬间风起云涌。片刻之后，复又换上以往娴雅温润的笑容，淡淡地说：“源紫陌，你是皇上的女人。”

我的眼泪夺眶而出，毫无预兆地，淹没了特意为他而上的精致妆容。心跳急速下坠，却又隐隐夹杂着一丝释然。

也许，像我这样的人，原本就不配爱上谁的。

我转身离开，一句话也没有说。如果早知第一次爱上一个人注定无法得到回应，我还会选择以这样飞蛾扑火的方式，不顾矜持地向他表白吗？如果早知所有的忐忑痴缠都是我一个人的事情，我还会放纵自己爱上这样一个白衣胜雪的男子吗？

可是人生，本就是没有如果的。

不经历这番痛彻心扉，我又怎能断了那许多虚无缥缈的，有关爱情与幸福的念想。佛说：不舍，不得。我该如何让他知道：只要他肯爱我一日，我愿为他粉身碎骨。

我渐行渐远，终于走出他的视线。背靠着樱花树，偷眼回望他。晴然依旧站在原地，白衣翩然若雪。

那一双耀眼黑眸，望不穿前世今生所有的寂寞。

四　梦魇

“紫陌，你真的要走？”站在右丞相身边的筱雅瞪大了眼睛看我，一脸的难以置信，脱口而出地说。

“枉费右丞相一番错爱。紫陌只希望远离京城，过农妇一般的平凡生活。这个宫廷，真的不适合我。”我俯身，低垂了头，哀哀地对右丞相说。我是真的想走。

野心勃勃的右丞相凝寂，一动不动地俯视着跪在地上的我，良久良久，眼神冰凉，手指却出奇地灼热。他忽然狠狠捏起我的下巴，说：“你要走，是因为广晴然？”

我重重一惊。从未见过凝寂这样的表情。隐而不发的怒气聚集在眉宇之间，凝成一股凌厉的压迫感。

“紫陌，你是我的，你怎么可以忘记。”凝寂的唇猝不及防地压过来，冰冷而决绝。我无从反抗，亦不敢推开他，身体瞬间僵硬。一股咸咸的味道渗入我口中。右丞相凝寂，他咬破了我的嘴唇。血丝晕透了我的锦衣，宛若大片盛开的红莲。

“我不会放过你，亦不会放过广晴然。”凝寂狠狠推开我，倏地起身，拂袖而去。

听到广晴然三个字，我蓦地清醒，不知从哪里来的勇气，朝着凝寂的背影大声说：“从七岁起，我与筱雅就被你买入府中，小心翼翼日以继夜地训练着，只为你一朝称帝。对你来说，我只是个棋子，你可曾把我当作一个人来看？这世上只有广晴然，会用清澈单纯的眼光看我跳舞，会为我的安危而蹙紧眉头。”说着说着，脸颊便一片冰凉。

“放我走吧。纵使他不爱我，我也再无法将目光从他身上移开。让我留在皇上身边，只会坏了你的事。”我哀哀地说。凝寂的背影微微颤了颤，直挺得有些僵硬。

我不是懵懂愚钝的女子，这些年来，凝寂如何对我和筱雅，我不会不知道。自从七岁那年第一次见他，筱雅便注定此生都会心甘情愿为他做任何事。而凝寂却始终关注着我，他说等他成了东瀛的王，必会封我为妃。可是世上有哪个男子，会把自己真心爱着的女人拱手送给别人呢？凝寂未必有多喜欢我，他只是太习惯拥有一切，容不得一丝背叛。

“紫陌，我不想失去你。不如我们重新开始？”凝寂猛地抓住我的手腕，眼里泛着灼人的光焰。

我静静地看他，良久良久，摇了摇头：“凝寂，我们从来没有开始过，又何谓重新开始？我从来没有爱过你，又怎么能回到你身边呢？

凝寂呆呆地看着我，唇边忽然掠过一丝冰冷的笑。猝不及防地，他一把将一枚黑色药丸打入我口中，动作快得出奇。

药丸翻滚入胃，我怔怔地看着凝寂，不知道他到底想做什么。

凝寂转身离开，背对着我，幽幽地对筱雅说：“晚上把紫陌送到皇上房间里，事成之后，你就是我的妃。”

我的五脏六腑都在灼烧，疼得像被撕碎了一样，我哀哀地望着筱雅，断断续续地说：“筱雅……不要。”

筱雅淡淡地笑笑，扶起我，一步一步朝皇上的寝宫走去。

“紫陌，自我与你第一天进入丞相府，你可知道我每年生日的愿望是什么？只要有你在，凝寂就不会多看我一眼，我亦永远只能是你的陪衬。——如果可以，我希望你，不存在。”

我跟筱雅都知道，凝寂给我下的是丞相府独门的蛊。

一种会让人癫狂，变成怪物的蛊。

五　诀别

皇上看到静静躺在他床上的我，重重一怔。仔细端详，发现我面色惨白气若游丝，尚未来得及去叫太医，我已经失控，忽然发疯一样向皇上扑去。皇上侧身闪躲，我扑到一个破门而入的白色人影身上。

正是被心存愧疚的筱雅叫来的广晴然。

我掩面，不想让他看到我现在的样子，身体却已经完全失去控制。

黑色的角自我额头上长出，黑色的皱纹枝叶一样在我脸上蔓延，我像野兽一样嚎叫，无法控制地见人就咬。转眼间我成了面目狰狞的魔鬼。侍卫四下逃窜，晴然挡在我面前，握住我的双肩拼命地摇晃，他说：“紫陌紫陌，你不要这样。”我瞪着血红的眼睛望他，扯过他的手臂咬下去，血液腥浓的气味弥漫在空气里，咒语的效用愈加强烈。我一加劲，尖牙甚至碰到了晴然的骨头。他忍着剧痛，低垂着眼帘望我，眼睛里全是悲悯与怜爱。这种眼神令疯狂的我无所适从，唤醒了我最后一丝理智。我用尽全身力气甩开他的手臂，一头撞向旁边的大香炉。额头上的角应声而断，紫黑色的血涌出来，模糊了我的视线。香炉里的火焰灼伤了我的皮肤，却也暂时熄灭了蛊毒的效力。我的脸渐渐复原，黑色的狰狞慢慢退去，露出苍白而衰败的皮肤。

晴然抱着虚弱的我，说："紫陌，我一定会救你。"

我流着泪，绵延的悲伤顺着脸颊流淌。"晴然你知道吗？我宁愿死去，也不愿你看到我刚才的样子。"我闭上眼睛，泪水如断线的珠子一般纷纷而落。

晴然拥紧了我，声音里透露着极力隐藏的悲伤，他说："没关系的，紫陌，你在我心里永远都是那时在樱花树下，笑颜如花的模样。"他一下一下地轻拍着我的背，像是在哄着一个孩子入睡。

他的臂弯那么温暖，我一点一点失去意识，呼吸逐渐均匀，仿佛有团雾围住了我，整个身体如陷云端。片刻之后，我终于沉沉睡去。

不知道过了多久，当我醒来，发现自己身在一处整洁的草屋之中。推门出去，映入眼帘的是黛色的群山和深蓝的星空。

晴然捧着一枚药丸出现在我面前，笑容微微有些憔悴，说："紫陌，吃了这个你就会好了。然后我们就在一起，再也不分开。"

我心中的阴霾霎时冻结，不再追问任何。满心欢喜，径自吞了这枚药丸，忽然幸福得如坠云端。

晴然看着一脸雀跃的我，宠溺地拍拍我的头，说："在这里等我，明天我会回来接你。"

我眼看着他胜雪的白衣消失在蒙蒙夜色中。

再也没有回来。

六　诅咒

但凡懂得些法术的人都知道：人鱼是吸尽大海元气的生灵。吃了人鱼的肉，是可以长生不老的。

千年一现的人鱼，是只有皇上才可以享用的珍品。

世代相袭的阴阳师，职责就是守护东瀛天皇。若是背叛了王，就会得到最恶毒的诅咒。

晴然为了解我体内的蛊毒，私自将人鱼肉留给了我。他为了我这个在别人眼中只是玩物的舞姬，背叛了王。

一直以为，晴然对我所有的温存都只是出于同情。可是直到他离开我以后我才知道，他，是爱过我的。

我愿用此后所有漫长干涸的岁月，来换取一个与他相见的机会。

七　结局

我望着面对自己的梦境泪流满面的女子，轻声地说："你可知，阴阳师若是背叛了王，会得到什么样的诅咒？"

那个叫紫陌的女子摇摇头，眼泪依然无声地流淌。

"他会失去前世的记忆，永远徘徊在轮回之外，化作幽冥路上唯一的风景。彼岸花，冥界唯一的花。花叶永不相见，生生相错。——就像你们之间一样。"我一字一顿地说，心忽然微微疼痛起来。

不由得想起莲落，想起蓝心，想起这些爱我，或者被我所爱的女子。

我已经负了两个女子，不想再卷入任何感情纠葛。

只求现世安稳。

尾　声

夜未央，风微凉。

院子里弥漫着醉人的青草香。

一轮圆月寂寥地悬挂在空中，草尖的露水细碎地映着月光，仿佛天上的星星落到了人间。

很多时候，一个人靠在阳台的长椅上，看大片浮云掠过苍穹，细碎的层层渗透下来的月光，轻轻浅浅，仿佛回忆。

回忆就是旧时光，藏而不露的伤口。

我该如何让紫陌知道，很多时候，记得，就是一种痛苦。

所以忘记，才是宿命的解脱。

没有人知道，彼岸花是慕容家阴阳师的司命花。

没有人知道，慕容家少主的前世，名字叫广晴然。

浮生若梦，为欢几何？

须弥山顶的善见城四周，常年盛开七色的花朵。传说只要看到帝释天的一个笑容，那花儿便永世不败。

我始终记得那个白衣胜雪的男子，抱着我从那簇善嫉妒的花朵中轻盈穿过，他低下头来看我，潋滟笑容在银色长发的辉映下美不胜收，他说："夕颜，跟我在一起，什么都无法再伤害你。"

我轻抚这男子俊美的脸庞。他是忉利天之主，掌控世间万物的帝释天，可是我却透过那双幽深而清澈的眼，看见那极致权力背后的苍凉。所以他的承诺也更异于常人，每一字每一句，都透着无法言说的坚定、真挚，以及寂寞。

"无论何时何地，只要你需要我，我就会陪在你身边。"我微笑着说。双手环住他的颈，这样他便看不到我眼底的伤。

因为我知道，那注定是一个无法实现的诺言。

一

"天界之巅忉利天，共有三十三天。四方各有八城，加中央一城，合为三十三天城。是以忉利天有三十二天城主，都听命于中央一城善见城的主人——万物之王帝释天。其他三十二天分别为：太明玉完天、清明何童天、玄胎平育天、元明文举天……"

我听得心烦，一拍桌子，百般无奈地说："我来做夜叉，是想维护天界的公平正义，我不是来念书的！再说你说的这些连天界的小孩子都知道，好歹您也给讲点儿新鲜的成不成啊？”

说书先生捋了捋胡子，说：“姑娘你固然不是来念书的，你是来关禁闭的。夜叉府每个受罚的夜叉都要在这里听我讲经，这些是天界最基本的知识，慢慢就会讲到礼仪道德，你要循序渐进……”

我几乎要晕倒，这老头是怎么做到的？居然能让人听了他的话之后就脑袋发昏。就在这时，前堂忽然传来一阵嘈杂声，蓝吉祥一脸阴沉地推门进来，说：“夕颜，情况不妙，青木兽从牢里跑了，城西又发现了黑瘟疫。”

我心里一惊。这青木兽是从修罗道里跑到天界来的，头上有两只青色锋利的角，目如铜铃爪如铁犁，口中能吐出黏稠的液体，那种液体腐蚀性极强，能轻易将铁石地面熔出个窟窿来。而黑瘟疫，是一种极易传染的疾病，感染上的人先是浑身焦黑，像被火烧过一样，然后皮肉会迅速腐烂，染上的人都活不过三天。

这两件事，任何一件都足以毁灭太明城，而现在居然会同时出现！我冷静了一下，指着说书先生说：“你快去通知夜叉王，让他亲自过来一趟。”说书先生一听到黑瘟疫，早就吓傻了，反应了半天才急忙点头称是。

我拽着吉祥走出门口，一面指挥着手下的小夜叉：“你去查查青木兽是怎么跑掉的，把当天看守地牢的侍卫给我扣起来。你，带人去封锁城西，不许城里的人再往那边去……”

吉祥颇为赞许地看着我指挥众人，说：“我现在缺人手，也顾不得你在禁闭期。”他顿了顿，说，“但是这次，你可不能再给我惹麻烦了。”

我翻个白眼看他，幽怨地说：“哦，当然……如果，没有人激怒我的话。”

蓝吉祥是在夜叉府地位仅次于夜叉王的侍卫。他不但擅长剑术和追踪术，还有一头漆亮幽蓝的长发和一张棱角分明的脸，惹得府里一众母夜叉对他垂涎三尺。他平时很酷，冷漠而不多话，可是因为我父亲的关系，对我态度还不错。近几年我跟在他手下办案，经常因为严刑逼供，将犯人暴打致残而被投诉。吉祥替我背过几次黑锅，无奈我屡教不改，后来只好将我关禁闭，接受天界礼仪仁德法规的再教育。如果不是这次突发事件，恐怕我还要被关上几个月。

“吉祥，我们先去找患上黑瘟疫的人问话，然后再趁夜色去抓青木兽。它眼睛不好，到了天黑会容易对付许多……”我风风火火地往外走，吉祥却一把拉住我，沉吟片刻，欲言又止。

“你又怎么了？”我见他这样，不由停下来说，“我答应你不乱打人了还不行吗？”

“除了格斗术，你其他法术都学得不好。黑瘟疫太危险，需要‘气盾’护身，才能隔绝那种毒。所以我一个人去调查黑瘟疫就好，你去抓青木兽。”吉祥叹口气，说，“我有种不好的预感。这件事牵连很大，恐怕没那么容易解决。”

这是我第一次在吉祥脸上看到这样没有把握的神情。所以我也第一次这样顺从，说：“那你……小心一点。”话音未落，我的脸已经红了，因为我一向不习惯说这样叮嘱关怀的话。

吉祥别过头，装作没看到我窘迫的表情，眼中却闪过一丝歉疚与感动混合的情感，他从怀里掏出一面水晶小镜放在我手里，说："飞天镜借你。如果一个人降服不了它，就等夜叉王来了再说，千万别逞强……"

我伸手刚要接过，双手却忽然在半空顿住，心中一酸，道："飞天镜是你们蓝家世代相传的宝物……你不是说过，除了泠水仙，你谁也不借的吗？"

吉祥的手停在半空，不由有些尴尬。

我极力收起那种心酸，嫣然一笑，拍了拍他的肩膀说："跟你开玩笑呢。飞天镜我拿去追踪青木兽了，明天还你。"

可是转过头，我就再也笑不出来了。

一路走到城外，山野上种满了白色的铃铛花，微风吹过，泠泠作响。我赶了一天的路，坐在溪边捧一口水喝，回想着与蓝吉祥相识以来的点点滴滴，不由出神。

泠水仙来到夜叉府以前，所有人都以为我跟蓝吉祥是一对。久而久之，连我自己也那样认为。我父亲是忉利天三十三天之一，太焕城之主——太焕极瑶天。吉祥幼时曾经受过我父亲的恩惠，他很崇敬他，因此也便爱屋及乌地对我好。我以为我们总有一天，会顺理成章地走到一起……直到泠水仙出现。

泠水仙是今年才来夜叉府的，她是我所见过的，最美的女子。那是一张美丽到无可挑剔的脸，混合着艳丽、清纯、妩媚等不同的美。尤其是那一双眼睛，简直是摄魂夺魄，看过一眼的人，都无法轻易再把目光移开。她擅长瞳术，不但可以看穿敌人身体内部的经络构造，还能目极千里，看到遥遥千里之外发生的事。因为这个技能，夜叉王便收了她，却引起众多母夜叉的不满。顾名思义，夜叉府的女人大多是不修边幅的男人婆，就像我这种。忽然来了个貌若天仙的同僚，大家难免会心里不平衡。

其实现在想来，我不是没有后悔的。泠水仙刚来第一天，就被所有女人排斥，只有我，乐呵呵地夸她漂亮，还让她跟我和吉祥一起查案。久而久之，驽钝如我，也开始发觉她与吉祥之间的微妙之处。我与他们俩人在一起，越来越像个多余的人。

我叹息一声，伸手拨弄着溪水，清凉的触感从指尖传到心上，白色花瓣簌簌落到水中，我捞起一把花瓣在手心，凑近脸庞嗅着那香味儿，喃喃自语道："那诗里说的可真对啊，落花有意随流水……"

在这样曲水流觞、漫天飞花的美景之下，我忽然有点憎恨不好好读书的自己。抒情抒到一半吧，我竟忽然把下一句给忘记了，拍了拍脑袋说："下一句是……什么流水什么落花来着……"

"流水无情恋落花。"一个清俊的男声自我身后传来。单是声音，就透着一股无法言说的贵气和温柔。我猛地回过头，只见一个白衣胜雪的男子含笑站在我身后，一双漆黑深眸在漫天黄昏的反衬下灿如星子，那极美的笑容里带着戏谑，竟将漫天飞花都比了下去。

我一时看得愣住，半晌才恍过神来，脸一红，站起身说："你……你是什么人?"

还没等他回答，远处的山谷里忽然传来一声惨叫，以及一声沉闷可怕的野兽嘶吼。我一惊，掏出怀里的飞天镜，原来它已经变成了红色，我方才光顾着伤春悲秋，居然连青木兽跑到身边了都没发现！蓝家世代钻研追踪术，飞天镜又是蓝家的传家之宝，只要把它握在手心里，脑中想着所要找的人的样子，它便能指引执镜者去到那人身边。我抽出背上的琵琶，循着声音往山谷里跑去，复又停下来，回头对那男子说："这里很危险，你早些下山吧。"

那男子看了看我怀中的玉石琵琶，神色微微诧异，说："你是太焕极瑶天的女儿?"

我一愣，却也来不及多想，只道这玉石琵琶是帝释天御赐的连城宝物，被人认出来也不稀奇。草草应了一声，跃起身往山谷奔去。

山谷中一片狼藉。树木倾倒，百草枯萎，露出大片被灼烧成黑色的焦土。几具樵夫的尸体横陈在路边，已经被腐蚀得不成样子，我不由一阵反胃，拨了拨琴弦，扬声道："青木兽，当初是我抓你进地牢的，今天你也一样跑不了！乖乖出来束手就擒，免得你受皮肉之苦!"

天色渐渐黑下来，幽深的山谷在夜色里格外阴森，不远处传来一声沉闷的嘶吼，缓慢而沙哑："焕夕颜，我不会放过你……"那声音还未落，我只觉头顶传来一阵热气，下意识地跃到树顶，方才站过的地方瞬间被一摊黏液所覆盖，嘶啦一声将地面烧出个窟窿来。

我怒道："好啊，我还没动手呢，你居然先攻击我!"说着，我迎风立于树冠之上，抱起琵琶十指轻弹，奏了一首我最拿手的梵音咒。那音律先是平静悠然如湖面，让人心醉，忽然一个长音急转，仿佛一道无形的网将人捆住，只见空中腾起数道金光，直直朝大石后的阴影飞去，将青木兽露在地上的前爪紧紧绕住……它吃痛，不由嘶吼一声，我一挥手，将那金光抽得更紧，说："地牢里的锁链是由寒铁打造的，凭你自己，绝对无法挣脱开！说！到底是谁将你放出来的？城西忽然出现黑瘟疫，跟你又有什么关系？"

我停下手中的琴，它却并不答话，另外一只大爪狠狠朝我拍过来，我弹出一根琵琶弦刺穿了它的手掌，有青色的血液喷薄而出，青木兽惨叫一声。我趁机跃到它手掌上，沿着前臂往上奔，青木兽很庞大，看起来就像一座小山，它的眼睛大如牛头，在暗夜里闪着幽幽绿光。可是我知道它眼睛不好，一到天黑就看不清近处的东西，我蹑手蹑脚走在它肩膀上，轻轻用琵琶弦的另一端缠住它的脖子。

我凌空跃到远处，说："你应该知道，整个夜叉府，我最善于用刑。今天你要不说出我想知道的东西，就让你求生不得求死不能！"说着，我拨弄琴弦，梵音咒已弹到第三重，它能唤起旧伤口，不仅是身上的，还有心里的。那根琵琶弦也随着青木兽手掌的挥动而将它的脖子勒紧，它发出痛不欲生的嘶吼，那是野兽在极度痛苦之下所发出的哀鸣，除了我，恐怕任何一个女子都会心生恻隐，可是我却狠狠弹下去，冷冷道："再问你一句，你说是不说？"

梵音咒已弹到第四重，那根琵琶弦很快会勒进它的皮肉，随着音律在它身体里游走，我狠下心，刚要落手，却只见空中白光一闪，缚住青木兽的琴弦"啪"一声断开。花瓣散落，空气中传来一种奇异的芬芳，一个白衣男子手执银色手杖立于远处的树冠之上，银光如月，点亮了大片黑暗，正是我在溪水边所见到的那个人。

我一怔，傻傻问道："喂，你来这儿干什么？"

那俊美男子却只是看着我摇头，说："没想到看起来那么娇弱的一个女子，出手却这么狠辣。"

我哼了一声，瞥他一眼，道："你懂什么？身为执法者，最忌讳的就是妇人之仁。"

他极美的瞳仁里流露出无奈，看我一眼，说："你站着别动。我来处理这件事。"说着便一步步走向青木兽。

"别过去，很危险啊！还有……我为什么要听你的话？"我冲口而出地说，身体却愣在原地。

那男子走近青木兽，伸手抚向它的伤口，只见他的掌心弥漫着温煦的白光，青色的血液霎时止住，我惊奇地瞪大了眼睛，眼看着它身上被琵琶弦刺破的伤口缓缓愈合。他的目光那么温柔而清软，就像海边迷人的月光，那双琥珀色的瞳仁里似乎有种奇异的力量，让一向凶悍的青木兽都服帖下来。它眯起眼睛接受他的抚摸，温顺得就像只小猫。

原本漆黑阴霾的山谷因为他的到来而明亮起来，空气中飘散着幽然的清香。青木兽睁开眼睛，那绿油油的目光里竟充满了感激和崇敬。白衣男子拍了拍它的头，温柔地说："你之前就受伤了是不是？别担心，我带你去善见城，那里有最好的医师，他们会治好你。"

我一怔。原来青木兽身上有伤，不然也不会那么轻易就被我制服。

青木兽沉吟片刻，摇摇头，说："让我自生自灭吧，我不想连累您。……日光环在我体内，一经引爆，足以炸毁四座城池。”

白衣男子一愣，回过头来看我，四目相对间，彼此眼中有默契的疑惑，我上前一步，惊道：“日光环是太焕城的镇城之宝，怎么会被你吞到肚子里？还有……”

青木兽瞪我一眼，别过头说：“你这母夜叉别白费力气了，我不会回答你任何问题！”

我被噎得无话可说。按照我原本的处事作风，此时应该上前暴打它一顿才对。可是不知为何，在这白衣男子面前，我却无论如何也动不了手，气得几乎冒烟。

二

此时已是深夜。青木兽沉沉睡去，庞大的身体掩藏在巨石后面的阴影里，远远看去就像个小山丘。

深山里到了晚间就很冷，我与白衣男子并肩坐在火堆旁，头顶素月当空，远处树林里传来潺潺的流水声。我抬头看一眼阴霾的天空，只觉那黑暗就像墨水一样晕染了云彩，想起有关青木兽的种种疑团，又想到正在调查黑瘟疫的吉祥，心中不由担忧。微一倾身，怀中的飞天镜忽然掉出来，直直落到火堆里。我心中一急，慌忙伸手到火里去捡，手上传来一阵灼痛，可我也顾不得了。

还好它没有被烧坏。我把飞天镜握在掌心里，唇角情不自禁地露出一丝笑容。

“你很紧张这面镜子?”白衣男子目光盈盈地看着我,轻轻握起我的手,他的掌心腾起温暖的白光,我被灼伤的皮肤缓缓复原,不再疼痛。

我惊异地看着他,记得他方才就是这样治好青木兽的。不由问道:“你到底是什么人?”

他却只是握着我的手没有放开,像是在叹息,说:“这双手是用来弹琵琶的,怎么可以这么不爱惜?”他忽然加重了语气,说,“己所不欲,勿施于人。你出手那么狠,只会平添戾气,对自己没好处的。”

空山弯月,午夜凉薄的空气一漾一漾侵入鼻息。他的眼神那么温柔,似乎是真的担心我。这样的场景之下,我的心也不由柔软,内心深处酸楚的回忆渐渐蔓延,缓缓道:“你就当我自私好了。我所受过的苦楚,总要别人陪我一起受,我才会开心……我父亲是太焕城之主——太焕极瑶天,众人只道他是帝释天手下的重臣,权贵无边。可是其实,他连自己的家人都保护不了。”我垂下头,眼眶竟有些酸,“阿修罗族好战,与天界水火不容。上次圣战结束以后,我父亲曾在府里抓住两个来自阿修罗族的奸细,可是因为一念之仁,他放走了她们。不久之后,趁父亲不在家,那两个熟悉府里地形的阿修罗带人掳走了我的母亲和哥哥,混乱中他们把五岁的我藏在衣柜里,我才逃过一劫……可是,我却亲眼看见母亲和哥哥因为不肯就范而被刺死。呵,我从那时候起就那么自私了啊,我躲在衣柜里,我怕死,我捂着嘴不敢哭出声音来,我眼看着他们被杀死……可是我什么都没有做……什么都没有……”

我的泪,沿着脸颊缓缓滴在地上。我侧过头,不想让他看到我的泪水。这件事藏在心里很久很久,连吉祥都不知道。可是不知为什么,我却在这个陌生人面前和盘托出，除了揭破伤疤的痛楚，更多的竟是一种倾诉出心事的轻松感。

“我明白的……”他似是有些无措，轻轻拍拍我的肩膀，眼中的温柔仿佛能抚平任何伤痕。

我摇摇头，说：“不，你不明白。不是亲身经历，一个人永远不会懂得另一个人的痛苦。即使你肯给予同情和怜悯，却也无法真正明白那种寒冷与无助。”我抬起头来看他，说，“所以我从小就知道，对敌人仁慈就是对自己残忍。夜叉是天界的执法者，我不会放过任何一个有机会给其他人造成伤害的人。”

我的泪水还不曾落尽，目光却坚定起来，我抬头看他，只见他琥珀色极美的瞳仁中流转着一种说不清道不明的情感，那么温柔，那么……无法拒绝。他忽然捧起我的脸，轻轻吻向我的额头，那片唇那么温热那么柔软，他一点一点吻干我的泪水，说：“抛开沉重的回忆，心才会快乐，你明白吗？”

他离我这样近，陌生的薰香和男子气让我手足无措，我僵在原地，一时只是呆呆看着他。他笑着轻拂我的脸颊，似是意犹未尽，眼看一双薄唇就要往我唇上压来……

就在这时，忽然有一个无比熟悉的声音在远处轻轻唤我，“夕颜”。

一个身穿黑色铠甲的男子迎着月光走来，银靴踏在草地上，发出簌簌的声响。蓝色的长发像一簇幽蓝的火焰。他看着我，那目光那样深，那样缠绕，似是来了很久，已将方才的一切都尽收眼底。

“吉祥？”我霍地站起身，脸上像火烧一样，从未这样地窘迫。

我手里还握着他借我的飞天镜，可是我却差点跟另外一个男子接吻。

吉祥的目光在碰触白衣男子的瞬间变得异常复杂，他看看我，又看看他，忽然单膝跪下，语速恭敬而缓慢，他说：“微臣蓝吉祥，叩见帝释天。”

帝释天？

我惊诧地转头望向身边的人，夜风掠动他的胜雪白衣，灼灼火光之下，尊贵异常。他似乎预知了我的惊诧，伸手轻轻握了握我的手，目光却温和地看着前方，说：“你就是飞天镜的主人，蓝吉祥？”

三个人一同坐在火堆旁，东方已经缓缓露出鱼肚白，新的一天即将开始。气氛有些古怪，可是我也顾不得了，最近发生的事实在太过诡异。

“吉祥，黑瘟疫的事查得怎么样了？还有，你知不知道，原来……”我率先开口，心里也是真的焦急。

“青木兽呢？它没有伤到你吧？”吉祥打断我，我在他眼中看到胜过自己的关切。

吉祥对我这么好，心中原本应该觉得甜吧？可是此时，脑中却乱做一团的不知是何感想，我不由有些语无伦次：“它在遇到我之前就受了重伤，现在睡着了……是他把它治好的……”我随手指了指身边的男子，却忽然发觉这是大不敬的举动，急忙低头道歉，说：“对不起，帝释天大人。”

帝释天却只是笑笑，一把将我揽在怀里，神态自然得仿佛这是他每天在做的事情。他低下头来看我，像是在哄一个小孩子，说："我是从善见城偷跑出来的。乖，你别再那样叫我了。"我大窘，挣了挣，可是却挣不开，又不敢太使劲，一时僵在帝释天怀里。他抬头看着吉祥，温和地说："吉祥，你也是。"

吉祥点头称是。他的脸在阴影里，神色仿佛暧昧不明。那是我的错觉吗，为什么我恍惚在他脸上看到一丝嫉妒和哀伤，只是一闪即逝。

可是现在，天就要亮了，玉完城大敌当前，又岂是儿女情长的时候。我深吸一口气，坐直了身体，随手抓过一根树枝在地上划着。"一，青木兽从牢里跑出来。一定有人协助它，那个人是谁？有什么目的？二，它吞了日光环。可是为什么，日光环失窃这么大的事，我们夜叉府居然没听到半点风声？三，城西发生黑瘟疫。跟前面的两件事又有什么关系？"

吉祥沉吟片刻，说："第一个患上黑瘟疫的人已经死了，什么也问不出。同去的医师说，这种黑瘟疫传染性更强，尸首会风化成粉末，接触到这些粉末的人都会中毒。现在城西已有数百人患上了黑瘟疫……"

我与帝释天对望一眼，我在他眼中看到了同样的了然。我在黑瘟疫和日光环之间画了一条横线，说："日光环是太焕城的镇城之宝，接受了万年日照，蕴含着巨大的能量。一旦被触发，就会发生足以翻天覆地的爆炸。……时间赶得刚刚好，如果日光环今天爆炸，那些粉末就会飘散到整个天界。"我不由皱眉，说，"在太焕城，日光环一直被我父亲收藏在地下的冰窖里，不知是什么人，有能力把它从那里偷出来，交给青木兽吞下……他这么做的目的又是什么？"

帝释天的目光依旧温和如午后的湖面，他看看吉祥，又看看我，说："这件事背后的人一定在夜叉府有内应。是那个人放走青木兽，并且了解夕颜的脾气。……夕颜出手狠辣，一定会对青木兽用刑，它在极度痛苦之下，就会引爆体内的日光环。"

这时，远处的村落里忽然传来一阵鸡鸣。此时已经彻底天亮，晨曦照亮了山谷。吉祥站起身，说："天亮了，我去叫醒青木兽，我们先回夜叉府，然后再从长计议。"

我愣了一下，转身就要跟上去。帝释天却拉住我的手，轻轻摇了摇头。我犹豫了一下，甩开他，说："你敢说你心里没有同样的疑惑？这是我跟蓝吉祥之间的事，你别插手！"说着，我转身便要跟过去，吉祥却已经身手敏捷地跃回我面前，手里握着剑，神色凝重地说："青木兽死了，日光环被取走了……"他一边说一边回头，"我看见有个人影往那边去了，我……"

他忽然僵在原地。因为我的琵琶弦已经扣紧了他的颈。

"夕颜，你别那么冲动。"帝释天轻声劝我，可是我的眼睛已经红了，我无法抑制心中的愤怒和酸楚。我头也不回地说："我跟他之间的事情不用你管！"

"夜叉王不在，你是夜叉府职位最高的人。除了你，谁有能力将地牢里的青木兽放出来？……我父亲一向喜欢你，只有你才能将日光环从太焕城里拿出来……还有，是你让我来抓青木兽的，你最了解我的脾气。"我不由哽咽，"你想借着我引爆日光环是不是？那样第一个死的人就会是我，你……"

吉祥不可置信地看着我，幽蓝的眸子里流露出刺骨的哀伤。看着他此时的目光，我几乎说不下去了……可是谁都知道，蓝吉祥的追踪术独步天下，又有谁能在他和帝释天面前无声无息地杀死青木兽呢？

唯一的答案就是，那个人就是他自己。他借口去叫醒青木兽，其实是趁机杀死它。

吉祥转过身来，脖颈抵在我的琵琶弦上，勒出一丝血来，他的眼神那么哀恸，他居然笑了，说："夕颜，原来你就是这样看我的。"

我的手抖了抖，眼中不知为何落下泪来，说："原本青木兽不死，我还可以选择继续相信你。可是……你……"

吉祥看着我的眼睛，幽蓝的眸子里渐渐暗淡无光。他一步一步朝我走来，颈上的血痕愈来愈深，我被他逼得往后退，眼中的泪愈加无助地洒落，吉祥将手里的长剑丢在地上，冷笑道："如果是我杀了青木兽，那么，日光环就该在我身上。"

说着，他忽然单膝跪下，一拳猛击在地上，蓝色长发竖起，像一簇幽蓝愤怒的火焰。霎时地动山摇，他体内散发出蓝色的强光，直把他身上银色铠甲都冲了下来……我怀里的飞天镜仿佛受到某种感应，啪啦一声掉落在地上，就像一滴幽蓝的泪水。

吉祥缓缓站起身，身上只剩一件蓝色锦衣，在金色晨曦中略显单薄，他直直地看着我，说："如果日光环在我身上，我这样足以将它引爆。"

我隔着满眼的泪水看他，原来，是我错怪他了吗……

"夕颜……今天真是个了不起的日子。"吉祥闭上眼睛，纤长的睫毛忧伤地覆在脸上，“你看清了我，我也看清了你。”

说着，他别转过身，背影看起来那么寂寞那么单薄，他一步一步走远，那熟悉的声音仿佛从天际传来，“你不相信我……你从来没有相信过我。”

很久很久，我一直保持同样的姿式站在原地。他的背影已经完全消失在视线尽头，我狠狠咬着嘴唇，有咸咸的味道自舌尖传来。胸口仿佛被什么堵住了，连呼吸都觉得困难。

帝释天爱怜地环住我，他的体温那样暖，那样让人心安。我懊悔地看着他，眼泪簌簌地落下来，喃喃地说：“我错怪他了吗？……我错怪他了吗？我……”

我低下头，帝释天轻拍着我的背，我终于哽咽。“为什么我总是那么冲动那么笨？……我竟然伤害了吉祥，我……他再也不会理我了，是不是？”

帝释天轻轻将我的头按向他的肩膀，声音里仿佛满是深意，他说：“怀疑他并没有错。只是你，不该轻易去质问他啊。”

三

“天龙八部”，又称为“龙神八部”或者“八部众”。

《法华经》称：“天龙八部，人与非人，皆遥见彼龙女成佛。”

所谓“非人”是指，形貌似人，而实际不是人的众生。天龙八部都是“非人”。包括八种神道怪物，因为“天众”及“龙众”最为重要，所以称为

"天龙八部"。

八部者,一天众、二龙众、三夜叉、四乾达婆、五阿修罗、六迦楼罗、七紧那罗、八摩呼罗迦。

我合上厚厚的典籍,心里依旧无法平静。对于这个世界,我忽然有种从未有过的迷茫感。夜叉是天龙八部之一,书上说:它的职责是,"维护众生界"。可是我呢,我所做的一切,真的是在维护众生吗?我一直在伤害别人,包括蓝吉祥。

帝释天是"天众"的领袖,是万物之主。可是他竟就这样出现在我身边。我想起小时候,自己曾躲在父亲身后偷看同样年幼的他。那是美好的春日,小小的他在众人簇拥下经过满树繁花,那是我第一次在一个男孩子脸上看到这种令人屏息的美貌,不由自惭形秽地跑了开去……

脑中乱成一团,各种念头纷繁乱窜,我盯着手里的书,却再也没翻过一页。

书房的门"吱呀"一声被推开,帝释天走进来,白衣依旧胜雪,不染纤尘,他轻轻拿走我手中的书,说:"很晚了,怎么还不睡?"

我咬了咬嘴唇,低下头说:"我在等你。"

……我在等与泠水仙一同外出的你。

他缓缓笑了,眼中似有被重视的欢欣,轻拂我的长发,说:"怎么,你吃醋了?"

我却答非所问,傻傻地说:"你是不是也……觉得她很美?"

犹记得他与泠水仙初见的情景。那日吉祥走了之后,我与帝释天为了控制黑瘟疫而回到夜叉府，照理说夜叉王应该出来迎接，可是款款走来的人，却是泠水仙。

那日她穿一袭黑衣，更显得面容明艳如花，一双勾魂的眸子直直望着帝释天，盈盈拜下身去，道："臣泠水仙，叩见帝释天。"

男人对美貌的女子，到底是没什么抵抗力的吧。我望向帝释天，只见他眼中有一种类似惊艳的复杂的情感，他抬手扶起她，笑容温润如玉，说："不必多礼。"

泠水仙引他至上座坐好，一双秀目里满是哀愁，道："黑瘟疫虽然暂时控制住，可是死伤也达百人。那日看守青木兽的侍卫全部离奇死亡，看来是被人灭口的……还有，有人在城外发现了夜叉王的尸首……尸体表面没有任何伤痕，死因不明。"

我看着她看帝释天的目光，虽然心里莫名有点不舒服，可是听到夜叉王的死讯，也顾不上这些了，忍不住喊道："不可能的！夜叉王身长七丈有余，青面獠牙，全身筋骨比岩石还要坚硬，怎么可能不明不白就被人杀害？……还有，吉祥呢？现在府里乱成一团，没有他怎么行？"

泠水仙却对我的话恍如未闻，只是看着帝释天，说："您的医疗术妙绝天下，城里百姓得知您来，也必会更有信心。所以……我可否斗胆请您跟我一起去一趟城西？"

帝释天朝她点点头，握起我的手，说："夕颜，你不会使'气盾'，很容易感染黑瘟疫，就不要陪我去了。"

夜叉王是个很好的上司，我总是闯祸，可是他却不曾真的罚我。我想起他过去待我种种的好，不由落下泪来。帝释天用指尖轻轻擦去我的泪水，安慰我说："回善见城以后，我会找最好的僧侣给夜叉王诵经超度，他会安息的。"

泠水仙看他这样对我，神色微惊，随即不屑地望向别处。

长夜孤灯。此刻我终于等回了他。可是我的心很乱。我一方面担心吉祥，因为伤害了他而愧疚不已。另一方面，我又隐隐在担心，担心帝释天也与吉祥一样，被泠水仙所吸引。只是不知这是出于女人的妒忌，还是因为我担心这谜团会与她有关……

帝释天扬唇一笑，回答道："是啊，她很美。"他月光一样温柔的目光在我脸上扫过，伸手捏起我的下巴，说："可是再美，跟我又有什么关系呢？"

他俊美无瑕的脸孔渐渐靠近我，独特而高贵的芬芳扑面而来，他说："夕颜，从我第一次牵你手的时候起，你就该明白我是如何对你。"

我愣在原地，脸上不由红起来，心底里却有一丝无法遏制的欢欣。明明知道此时不是谈情说爱的时候，却还是忍不住问他："为什么？……为什么那么温柔那么尊贵的你，会喜欢这么没用又狠辣的我？"

他美丽的笑容忽然邪邪的，作了一个无辜的表情，说："我喜欢你吗？这是你自己说的，我可没说啊。"

我的脸颊由红转紫，忍不住挥拳追打他。帝释天笑着闪躲，月光如水，这是我几天来第一次露出这样毫无负担的笑容。

晨曦初露。我早早起来，急急往帝释天的房间走去。仔细想想，昨晚闹得有些过火了，嬉戏打闹的时候，我羞怒之下居然把他关到了门外，自己在房间里迷迷糊糊就睡着了，也不知道他生气了没有。可我现在去找他，却是有更重要的事情要与他商量。

九曲回廊上，我一抬头，却看见泠水仙正从帝释天房间里走出来。我的目光一冷，挑眉道："你怎么会在这？"

泠水仙嫣然一笑，道："夜叉王死了，蓝吉祥又失踪。从现在开始，我就是夜叉府的主人。——我想到哪儿，便到哪儿。"她走近我，衣袖间隐隐弥漫着帝释天身上特有的薰香。她凑到我耳边小声说："你知不知道，帝释天有多温柔？他抱着我一整夜，他说恨不得现在就带我回善见城。焕夕颜，其实，我并不讨厌你。所以我劝你，最好不要跟我争。因为无论是蓝吉祥还是帝释天，你都争不过我的。"说完，她面无表情地从我眼前走过，一袭黑衣在稀薄日照下散发着冰冷气息。

我站在原地，无措地握紧了拳，忽然不知道该走向哪里。

四

因为帝释天的到来，黑瘟疫已经被控制住。日光环依旧下落不明，可是我想短期内它还不会有爆炸的危险。因为引爆它之后，方圆千里的人都会被炸死。抢走它的人一定要周密地布局，才能保证自己不被炸死。……或许去日光环失窃的地方调查一下，会找到一些线索也说不定。

我独自走在回太焕城的路上，一想到就要见到父亲，高兴之余也涌现出一种委屈。那天之后，我没有再去找帝释天。我亲眼看见泠水仙从他房里走出来……我不知道再见到他的时候，该去质问他，还是装作什么都没发生的样子。其实也并非就那样相信了冷水仙的一面之词，只是觉得分开一段时间，或许更能确定我们的关系。

我喜欢吉祥很久了吧？久到连我自己都记不清有多久了。我是不是真能为了一个刚相识不到一个月的男子，全盘否定了那段感情呢？自从来到夜叉府以后，我就是个准男人婆，我不是会轻易喜欢上一个人的女孩子……

正在思索间，头顶忽然传来一阵尖利的鸟鸣，以及翅膀拍打空气的风声。我抬头，只见一只巨大的金色鹏鸟直直朝我扑来……我下意识地跃出数丈，只见它的尖嘴击在我刚刚站过的地方，大地都为之一震。

我一惊，脑中飞快搜索着，却怎么也想不起自己有过这样一个仇家，它这样子分明是要我的命。一边抽出背上的玉石琵琶，十指一拨琴弦，数道青光便护在我身前，我仰头打量它，只见此鸟翅呈庄严宝色，头上有一个大瘤，鸣声悲苦。分明在某部典籍里看过这样的描述。不由惊道："你……你是迦楼罗？"

法典中记载，迦楼罗是天龙八部之一，又名"金翅鸟神"。这是一种大鸟，翅有种种庄严宝色，头上有一个大瘤，是如意珠。此鸟鸣声悲苦，以毒为食。到它命终时，诸毒吐，无法再吃，于是上下翻飞七次，飞到金刚轮山顶上命终。

它的声音悲苦尖利，道："算你有眼力。"一边在我头顶的半空盘旋，忽然一个俯冲，却被我身前的青光挡住。我轻拨琴弦，一曲梵音咒流泻而出，护在身前的青光愈加强烈，忽然一根琵琶弦破空而出，直直缠向它的利爪。

迦楼罗侧身躲开琵琶弦，一面又向我冲来，我躲避不及，左臂被它掠出一个口子……我不由大怒，狠拨琴弦，将梵音咒弹到第三重，这种鸟耳朵本来就极为灵敏，梵音咒碎人心肺，此时它已有些受不住，在低空挣扎片刻，终于摔在地上。

我捂着伤口，梵音咒耗费真元，我此时已是筋疲力尽，缓缓走近它，不解地问："为什么要攻击我？"

它发出冷漠的悲鸣，道："不要再伪装了。我的眼睛能看出你的本性。你是阿修罗，你是血统低劣的阿修罗……"说着，它忽然奋力向我扑来，一双利爪像网一样将我笼住……我无力闪躲，正在惊怔间，忽见眼前蓝光一闪，迦楼罗便倒在金色的血泊中，挣扎数下，终于一动不动。

我呆呆看着挡在我身前的人，他的剑还未来得及收回，一柄寒刃扬扬指天，身上蓝气氤氲，好像一簇幽冷的火焰。

我喃喃地叫他："吉……祥。"

吉祥捣碎了刚采来的草药，细细地抹在我伤口。"我那样对你……你为什么还要帮我？"我看着他熟悉的侧脸，轻声地问。

他动作顿了顿，没有抬头，淡淡地说："路过而已。"

我心头掠过一丝愧疚，没有再说话。看样子他并没有原谅我。

因为我受了伤，不能再用御风术赶路。吉祥从过路的樵夫那里买了一匹马，二人共乘一骑，我原以为这样接近地坐在他身边，我一定会面红心跳。

可是我却没有，我脑子里一直涌现着各种古怪的念头，时而想起帝释天，时而想起迦楼罗，只觉身心疲惫。

为什么迦楼罗会说我是阿修罗？并且是血统低劣的阿修罗？

阿修罗也是天龙八部之一。这种神道非常特别，男的极丑陋，而女的却极美丽。过去的几千年里，阿修罗王常常率部下和帝释天战斗，每有恶战，总是打得天翻地覆。所以世人常称尸横遍地的大战场为“修罗场”。

六道轮回之中也有“阿修罗道”。六道为：一人道，二天道，三畜生道，四饿鬼道，五地狱道，六阿修罗道。人道和天道为善道。阿修罗因非善类，男阿修罗常常兴风作浪，好勇斗狠，于诸天中，不时攻打天王，以谋夺位，女阿修罗貌美，时常迷惑众生，使难修行，固为恶道。

“迦楼罗是帝释天身边的四大护法之一，以除恶为己任。难道是它认错了，因我貌美，而误会我是阿修罗？”我心中疑惑，思前想后，不由抚摸着自己的脸颊，脱口而出。

吉祥听了，唇角露出一丝笑，像是极力忍也忍不住。

我脸一红，不由嗔怒，道：“我知道我不算貌美，你也不用笑得这么鄙夷吧。”

吉祥长叹一口气，说：“夕颜，你怎么总是有这样的本事，让人无法真正生你的气？”他伸手环住我的腰，下巴轻轻抵向我的肩膀，道，“我原不打算原谅你的。”

提及往事，我也不由歉疚，侧过头说：“吉祥……上次的事情，对不起。”

吉祥的目光变得很深很深，他忽然扳过我的脸，很认真地说：“夕颜，过去的事情不要再提了，我们一起回太焕城，重新开始，好不好？”

我一愣，不解地说：“那怎么行？你知不知道，日光环现在下落不明，黑瘟疫的幕后主谋也毫无头绪，夜叉王死了，他的死很可能与……”

说到这里，我忽然顿住。我审视地看着他，因为我不确定当我说出那个名字，他会有怎样的反应。

夜叉王的死，很可能与泠水仙有关。

那日当帝释天与泠水仙一起前往城西治疗黑瘟疫，我偷偷去检查了夜叉王的尸体。只见他怒眼圆睁，衬着青面獠牙，尤为可怖。恐怕除了我，没有第二个人再敢靠近他。奇怪的是，他身体外部没有一点伤痕，那么他的死因到底是什么呢？夜叉王天生神力，若非是受了暗算，世上没有几个人是他的对手。

又仔细检查一遍，我发现夜叉王的拳紧紧攥着，里面似是握着什么东西。他拳头捏得很紧，我费了好大劲才扳开他的手指，掌心里竟是一只黑色耳环，挂钩处很锋利，瞬间划破了我的指尖。

眼看一丝细细的血痕出现在指尖，微微有些刺痛。可我却也顾不得了，只是望着那黑色耳环呆住。这种颜色的耳环本来就很少见，而这枚黑底上镶着银丝，分明就是泠水仙的。

如果凶手真的是她，那么她的目的又是什么呢？想杀人灭口，还是取而代之？

其实那日清晨我去找帝释天，原本就是想告诉他这件事情……我心中一时转过数个念头，正在犹豫要不要告诉吉祥，可是他却仿佛看穿了我，神色却是无比凝重，说:“夜叉王的死，你不要管。”

我顿住，满腹的话便无法出口。随即又问:“为什么?”

吉祥顿了顿，说:“你可知道夜叉府为什么设立在玉完城?”

我一愣，不知道他为何忽然跟我说这些，下意识地摇了摇头。

“因为玉完城是天界的边缘，是与修罗城的交界处。所以一切的罪恶，都由那里开始。”吉祥的声音忽然疲惫起来，他忽然自后抱住我，说，“黑瘟疫，日光环，那些都是让天界毁灭的东西。我们不要再管它们了好不好？我觉得好累，我现在只想跟你在一起。”

太焕城是我从小长大的地方，高大的城门巍峨如初。父王亲自出门来接我们，吉祥抱我下马，我还未站稳便向父亲跑去。

太焕极瑶天，世人眼中冰冷威严的城主，可是此时，他却只是个慈祥的老人，将我爱怜地揽在怀中。

可是我的目光，却在望向他身后的一瞬间僵住。因为做梦都没想过，我会在这样的时间和地点之下，在我父亲身后看到冷水仙。

父亲的表情忽然变得复杂而凝重，他拍拍我的头，说:“夕颜，是时候让你知道一切了。”

五

太焕城里张灯结彩，所有人都在为我与蓝吉祥的婚事而欢呼雀跃。

蓝家是太焕城的大家族，曾在我父亲的救助之下逃过一次灭顶之灾，是以蓝家上下一向视我父亲为恩人，对我也关照有加。满城上下，都夸赞我与他是佳偶天成。

可是为何我，却不觉得快乐？

其实我知道，吉祥也不快乐。

距离大婚还有三天，月光凉白，这让我想起许久以前，在山谷里抓青木兽的那个夜晚，我遇见了帝释天。那不过是半年前的事情，却恍如隔世。

而今月光依旧，可是当初一同看月光的人，却各是不同的心境了吧。

吉祥斜倚着墙壁站着，那么静默，幽蓝长发仿佛就要与黑夜融为一体。我轻叹一声，说："你不愿意娶我的，是不是？"

吉祥一怔。

"其实你没有必要为了报恩，而牺牲自己一生的幸福。"我幽幽地说。心如死灰，双眼想必也是暗淡无光。

吉祥忽然握住我的手，似是欲言又止。

我轻轻挣开他，说："他是我父亲，我没得选择。可是你不同，你可以选择不过这样的生活。"我转身走回房间，步履疲惫。

推开卧室的房门，烛火煌煌，在一片黑暗中摇曳生辉。迎接我的，却是一个温暖的怀抱。那么熟悉，那么芬芳。

我认得这种高贵的薰香。那个瞬间，我几乎要落下泪来。我抱紧他，这个在梦里出现过许多次的白衣胜雪的男子，我几乎不相信自己的眼睛，他的笑容温柔带着憔悴，我喃喃唤他："帝释天……"

他双手扼住我的肩膀，说："夕颜，你为什么一声不响地离开我？为什么……"记忆中他一向是个温和的人，他从来未曾有过这样激动的情绪，他摇晃着我的肩膀，说："你知不知道我很想你？你知不知道？"

我的泪铺天盖地地落下来，我没有办法回答他，只是胡乱用手背擦去泪水，可是却有新的眼泪源源不断地涌出来……我来不及解释，一把抓起他的手跑到门口。四顾无人，我朝他做一个噤声的手势，使出御风术，拉着他无声无息地往城外奔去。

不知道跑了多久，天已经蒙蒙亮了。我累得筋疲力尽，终于停下脚步。帝释天诧异地看我，忽然笑了，说："夕颜，你跑得这样快，是不是早就等不及让我带你逃婚了？"

我眼神复杂地看着他，不由也笑起来。

可是笑着笑着，我心底却忽然涌出一种巨大的悲哀，笑容渐渐又变成了哭泣。帝释天手足无措地来哄我，说："夕颜，你怎么了？你别总是哭，我……"

他的表情忽然僵住。

因为我忽然掠起了长发，露出一双只有阿修罗族才有的尖耳朵。这十几年，是父亲施法术掩盖了这双耳朵，才没有任何人看出我的异常。甚至连我自己都被骗过了。

我看着他惊住的眼神，苦笑道："现在你明白了？这条路直通善见城,你回去吧,以后再也不要来找我。"说完,我转身就走。

帝释天却自后一把抓住我的手腕。他深吸一口气,声音温柔而坚定:"如果我说,我不在乎呢?"

我的心不由一震。天龙八部中,天众与阿修罗自古便是水火不容。可是他却对我说,他不在乎。

我一时说不出话来,只是抬头看着他的眼睛。他的目光那么柔软,仿佛要将我融化,他拉起我的手说:"夕颜,跟我走。我们永远在一起。"

我回头望一眼太焕城,脑海中一瞬间掠过父亲苍老的脸和很多很多年以前母亲与哥哥在我眼前被杀的画面……

我回握住他的手,终于点了点头。

所有的谜底,其实都在那日由父亲为我亲手揭开。

太焕城真正的主人,其实是泠水仙。她是阿修罗女王的女儿,我同母异父的姐姐。虽然她与父亲并无血缘关系,是血统纯正的阿修罗,可是父亲却将她奉为掌上明珠。只因为她,是他所爱的人的女儿。

我终于明白当初迦楼罗为何会说我是血统卑劣的阿修罗——我的父亲是太焕极瑶天,而我的生母,却是阿修罗女王。天界之中,任何种族的混血,都只能算是卑劣的血统。

十七年前,父亲爱上了那位倾国倾城的阿修罗女王,甚至不惜为她抛弃妻子。当年死在我眼前的母亲,其实与我没有半点血缘关系,哥哥却也是父亲的骨肉至亲。我不明白那是怎样的一种力量,能让一个男人为了爱情而放弃自己的妻子和儿子。

为了颠覆帝释天的统治，让阿修罗占领天界，父亲将日光环交给泠水仙，让她喂青木兽吞下。又让蓝吉祥在玉完城传播黑瘟疫，企图让那种毒随着日光环的爆炸而蔓延至整个天界。

当时，在听到这句话的时候，我只觉得寒冷。我看着父亲的眼睛，愤怒地指着泠水仙说："她不是你的女儿，我才是！你居然忍心让我去引爆日光环？"

父亲一愣，惊异地看了一眼泠水仙，又看看吉祥，做了一个逼视的表情。

泠水仙面无表情地说："是我安排的。又怎么样呢？反正安排他做的事，没有一件成功过。"

吉祥面带愧疚地低下头。我忽然明白，原来我并没有错怪他。那日在帝释天和我眼前杀死青木兽的人是泠水仙，是以日光环并不在他身上。

我不由冷笑，说："那您让我与蓝吉祥成亲又是什么意思？想给我一个充足的理由，帮助他们去害人吗？"

父亲对我的愤怒视如不见，声音里却是不可违逆的狠辣："太焕城城主的女儿大婚，忉利天三十三天都会来，包括帝释天……他们全都无法活着离开太焕城。"

讲到这里的时候，帝释天已经带我行至善见城的边缘。他的御风术比我厉害得多，可以说是日行千里。我撒娇不肯再走，语气不由忐忑，说："喂，你……不怪我么？"

他还没有回答，却只见四周原本静止的七色花朵忽然张牙舞爪地冲过来……

须弥山顶的善见城，四周常年盛开七色的花朵。传说只要看到帝释天的一个笑容，那花儿便永世不败。

我想我始终会记得那个白衣胜雪的男子，抱着我从那簇善嫉妒的花朵中轻盈穿过，他低下头来看我，潋滟笑容在银色长发的辉映下美不胜收，他说："夕颜，跟我在一起，什么都无法再伤害你。"

我轻抚这男子俊美的脸庞。他是忉利天之主，掌控世间万物的帝释天，可是我却透过那双幽深而清澈的眼，看见那极致权力背后的苍凉。所以他的承诺也更异于常人，每一字每一句，都透着无法言说的坚定、真挚，以及寂寞。

"无论何时何地，只要你需要我，我就会陪在你身边。"我微笑着说。双手环住他的颈，这样他便看不到我眼底的伤。

因为我知道，那注定是一个无法实现的诺言。

尾　声

帝释天牵着我的手走在须弥山巅，善见城花海片片，仙乐阵阵。他在我耳边说："夕颜你还记不记得，小时候，我们曾经见过面的？那是春末夏初的时候，梨花如雪，小小的你坐在树下弹琵琶，一脸哀伤的笑容……我远远看着你，听旁人声音惋惜地议论着，她是城主的女儿，她还那么小，就失去了母亲和哥哥。我觉得好心疼。后来回到善见城，我便从宝库里选了那把玉石琵琶赐给太焕极瑶天。我知道，他一定会把那琵琶送给你……”

他将我的手扣在掌心，像是握着这世上最紧要的东西。我把头靠在他肩膀上，渐渐觉得累了，可是我不想停下来，我只想陪着他这么走下去……

其实刚才的故事，还没有讲完啊。

那日乍然听到父亲所说的那一切，我愤怒地拂袖而去，吉祥追了出来，却差点被我用琵琶砸伤。我一直跑啊跑，不知道该去哪里，却在太焕城的大门口，看见早就等在那里的泠水仙。

她依旧一袭黑衣，笑容很美，也很寒冷，她说："夜叉王是我杀的，你知道的……可是，你又知不知道，我是故意落一只耳环在他手掌里的？我知道你一定会去查。"

我忽然想起那只耳环曾在我指尖刺出细小的伤口，愈合之后还隐隐透着黑色。我挑眉，说："你这话什么意思？"

泠水仙笑笑，悠悠答道："对付普通人，只要一般的黑瘟疫就可以。可是对付天龙八部，比如夜叉王和你，就要用一种更厉害的毒才行。普通的黑瘟疫是由体外开始，最终使人焦黑，风化成灰。而你和夜叉王所中的黑瘟疫，是由身体内部开始的。如你所见，夜叉王身体表面没有一点伤痕，可是他体内的五脏六腑，早已经碎成了粉末。焕夕颜，不久之后，你就会经历与他一样的命运。"

我站在原地，呆呆地，手足无措，脑海中涌出纷乱的画面，我看见帝释天翩然的白衣，他在月光下吻我，身上有高贵温暖的薰香……

他说——

夕颜，从我第一次牵你手的时候起，你就该明白我是如何对你。

夕颜，你为什么一声不响地离开我？为什么……你知不知道我很想你？你知不知道？

泠水仙的声音陌生而遥远，她说："你是血统低劣的阿修罗，原本不足为患。可是为什么，无论蓝吉祥还是帝释天，最终都会选择你？所以无论我是否能得到天下，都不可以让你再活下去。"

帝释天晃着我的手，就像个孩子，他开玩笑说："以后我要把你关在善见城，不让你再出去见蓝吉祥。昨晚我看见他站在你身后看你的目光。我也是男人，我知道那种目光意味着什么……蓝吉祥喜欢你。可是我保证，我一定会比他更喜欢你……"

他自顾自地说着，脸上的表情那么快乐，丝毫没有察觉我的异样。我的步伐渐渐缓慢，能清晰地感觉到自己的五脏六腑在灼烧……

当初，他说要带我走的时候，不是没有犹豫的。

可是，我又怎么能拒绝他呢？我那么贪恋他的温柔，我自私地对自己说："只要能在他身边，哪怕只有一秒，也是好的吧……"

只是，下一秒，会不会就是我毒发的时候呢？

我……还能陪你走多远呢？

锦水汤汤，与君长诀

暗罗宫坍塌之前，我靠在帝释天怀里，哀哀地说——

我知道我永远取代不了她的位置，就像在我心里，泠月白永远取代不了你。

只是，既然这样，我们为什么还要相遇呢？

让我抚平你的寂寞，让你不再孤单一人……

……不可以么？

我想我永远无法忘记听到这番话时，帝释天一瞬间动容而疼痛的眼眸，以及泠月白充满哀伤的妖艳紫瞳。

如果可以选择，我仍然愿意背负这被诅咒的命运，只为可以这样与你相遇。

天崩地裂之间，千般眷恋，万般欢好，化作烟尘。

楔　　子

“启禀女皇，探子来报，帝释天在玉完城纠集兵力，三月之内恐怕就要向您宣战。”昏黄的灯火下，我隐约看见一个人影跪在女皇座下。

“三年前，帝释天曾立誓要将修罗界连根拔起。如今已经发起大小数百场战争，他果然是说到做到的人。”女皇的声音有些疲惫，又像是叹息，缓缓问道，“你可有在天界听过关于雷火珠的消息？”

“启禀女皇，小的只听说帝释天也在找雷火珠，至于它到底是什么，小的也不知道。”那人垂首答道。我这才看到，他并不似寻常的阿修罗男那样面目丑陋，看来只是个人众。

“雷火珠是上古传下来的召唤式神的一种神器。倘若帝释天先得到它，必会召唤式神攻击修罗界，到时修罗界便在劫难逃。”女皇居高临下地打量着他，说，“那么，关于帝释天的式神，你还知道些什么？”

“启禀女皇，传说帝释天的式神是十二条身长数百丈的青龙，喷火吐水，上天入地，无所不能。每二百年才能召唤一次。”那人顿了顿，说，“但我听说，可以助他召唤式神的某种神物——想必就是雷火珠，现在并不在天界。”

“那它现在在哪里？”女皇眸光一亮，轻轻问道。

“听说就在修罗界。……传说守护修罗皇族的黑暗式神也可以用同样的能量来召唤，不知是不是真的？”那人忍不住问道。片刻已知失言，俯首道，“小人愿再回天界为女皇打探。”

“不用了。”女皇微微一笑，足以颠倒众生，只见她忽然长袖一挥，立时有一串鲜血飞溅在我藏身的屏风上，我吓得捂住嘴巴，强忍着没有叫出声音来。

那男人猝不及防，捂着脖子伏在地上，不甘地抬起头来，咬着牙问：“……为什么？”

“你知道的太多了。”女皇淡淡地说。说罢站起身来，金衣闪耀间更衬得她美艳无双。她低头看他一眼，像在看一条无用的狗。

那人却忽然抓住她的裙角，紧紧地，仿佛用尽毕生的力气，他的神色有些癫狂有些迷离，凄然一笑，道："泠水仙，为何你连杀人的时候，都这么美。"

女皇鄙夷地看他一眼，仿佛他并不配叫她的名字，面无表情地将他一脚踢开，转身往门外走去。

我蜷缩在屏风后面的角落里，对着那具死不瞑目的人众的尸体，捂着嘴巴，许久才恢复平静。

在修罗界生活了这么久，我已经渐渐适应了这种黑暗嗜血的生活。良久，我款款站起身，端着泠月白要的百年醇酒，神色自然地往他的修罗宫走去。

一

修罗宫里一夜笙歌，我站在泠月白身后，他此时正抱着数个比天仙还美的阿修罗女饮酒作乐，邪佞美眸在通臂巨烛辉映之下闪着幽幽紫光。我望着他这张被修罗界众女称为"倾城美男子"的俊脸，却有一阵困倦涌了上来。作为这个花心修罗王贴身的侍婢，我实在是太累了。

我往墙角处挪了挪，闭上眼睛，意识渐渐模糊……

深绿色的森林里，阳光照在七色的铃铛花上，微风吹过，发出阵阵清脆的声响。年少的我穿水绿色芙蓉裙，独自站在花丛中央，仰头看着高高的树冠上，一个白衣胜雪的男子迎风站着，一头银发迎风翩然，怀抱一把晶莹剔透的玉石琵琶。他的表情那么忧伤，一阵乱花飞过，我看不清他的脸庞……

就在这时，画面忽然一转，我俯身抚摸着一个男子的脸庞，他受了重伤，满身都是血。我一边将草药敷在他伤口，一边轻声说："你别担心，帝释天的疗伤术独步天下，我带你去找他，他一定肯医你的。"说到这里，我脸上露出一丝自豪，羞涩，又有些甜蜜的笑容。可就在这时，受伤的男子忽然睁开眼睛，一双紫眸杀气四溢，原本苍白俊秀的容貌也因为这双眼睛而变得妖异美艳，竟是泠月白……

我猛然醒来，原来是梦。腰间忽然一痛，我睁开眼睛，发现自己正躺在地上，竟在这里睡着了。泠月白最宠爱的舞姬芳莲又踹了我一脚，一双上挑杏目明艳不可方物，举手投足曼妙生姿，不愧是修罗界数一数二的美女。

众所周知，阿修罗是天龙八部之一，这种神道非常特别，男的极丑陋，而女的却极美丽。泠月白是修罗皇族，阿修罗王的后裔，是以容貌俊美，与普通的阿修罗男不同。这也是他在修罗界受尽美女爱戴的原因之一。

芳莲怒视我一眼，声音却依旧甜美动听，说："你这小贱人躲在这打瞌睡，差点把我绊倒，还不快起来认错。"我忙捂着腰站起来，垂首道："对不起，我不是故意的。"

芳莲嫣然一笑，忽然一个耳光扇过来，我猝不及防，被打得后退一步，她微笑着说："你只是月白的侍婢，凭什么站着跟我说话？跟主子认错，难道不下跪么？"

我捂着脸颊，缓缓抬头，唇边闪过一丝冷意，淡淡地说："我主子是小王爷，可不是你。"芳莲正待说什么，我已经上前一步，一个耳光已经落在她的左脸，说：“我日夜陪在泠月白身边，你早就看我不顺眼了是不是？你大可直接让他把我换掉，我玉陵歌求之不得。”

芳莲捂着脸，咬牙看我一眼，回头往泠月白的方向跑去，双目含泪的样子梨花带雨，她俯身靠在泠月白膝盖上，嗔道：“月白，你就这么调教下人的吗？人家好委屈啊。”说着，捂着脸不再说话，垂首的样子我见犹怜。

泠月白远远瞥我一眼，幽深美目中透出一丝玩味，笑着安慰她道：“莫要生气。本宫这就替你处罚陵歌。”说着，只见眼前白影一闪，泠月白已经无比接近地出现在我面前，拉着我的胳膊就往外走，在我耳边坏坏一笑，声音说不出的邪佞好听：“陵歌，看我今晚怎么罚你。”

御花园里点着磷火，四周星星点点地闪着绿光，这是修罗界里我早已习惯了的一种阴森。此时明月当空，照得一簇彼岸花嫣红似血，泠月白忽然将我抵在一根黑玉灯柱上，月光下笑容倾城妖媚，一双紫眸看着我的眼睛，唇角微扬，说：“你嫉妒她，是不是？”

我一愣，不由笑道：“看来你不仅是美貌天下第一，自恋程度更是举世无双。”

泠月白微微一怔，双手猛一加劲，将我手臂反剪在背后，紫眸薄怒，说：“你再这样跟我说话，我就把你手骨折断。”

我吃痛，神色有些无奈，口气只好软下来，说：“你身边美女如云，我若真要嫉妒，岂不早就气死了？再说，我只是你的侍婢，来历不明，又不如其他阿修罗女美貌，你为何这么在意我的想法？”

仿佛忽然被点醒了，泠月白炽热的眸子一点一点凉了下来，缓缓松开我，一张俊脸面无表情，月光下款款别过身去，说：“不早了，回宫吧。好生伺候我休息。”

我依言安静地走在他身后，早就适应了这个阿修罗皇子变化莫测的性格。刚走出几步，泠月白却忽然站住，我来不及停下，整个人已经撞到他怀里。

银色月光下，他轻轻捏起我的下巴，看一眼我被芳莲打肿了的脸颊，从怀里掏出一个小瓷瓶，倒出一些粉末，细细地抹了上去。

我的脸颊一阵清凉，片刻间便不疼了。我刚想说声谢谢，泠月白却已经转过身去，自顾自地往寝宫的方向走去，空留一个翩然似蝶的背影给我。

二

我躺在木床上望着窗外，这样白亮完满的月光在修罗界真是难得。回想起适才做的那个梦，我却有些迷茫。一直有种很奇怪的感觉，仿佛只有在梦里，我才能碰触记忆深处被遗忘了的一些东西，可是究竟是什么，我又说不上来。

只是，从小生长在修罗界的我，为何会做有关天界的梦呢？

就在这时，窗外忽然有一道黑影闪过，速度极快。我疑心是幻觉，却又有些不放心，最近天界和修罗界正在交战，经常会有天界的奸细来暗杀女皇和小王爷泠月白。披着衣服轻巧地走下床，刚推开门，却正对上一张戴着黑铁面具的脸孔，黑暗中一双黑眸幽深如海，他的目光落在我脸上，微微一愣，随即一掌劈过来，我本能地伸手隔开，却被他顺势扭住我的手臂往后一拧，我刚要大喊救命，他却仿佛知道我的心思，大手捂住我的嘴，把一粒药丸硬塞进我嘴里。我挣扎不开，便狠狠在他手掌上咬了一口。

意识却渐渐模糊，我软软倒在那人怀里，恍惚间仿佛看见那张冷厉的黑铁面具后飘出一缕银发，夜风吹动下拂过我的脸颊，带来一阵似曾相识的柔软。

……

琼楼玉宇的善见城，百花盛开，仙乐飘飘。我跟在爹爹身后，有些羞涩地望向冰玉皇座上那个白衣胜雪的男子。潋滟笑容在银色长发的辉映下美不胜收，他的声音温和，却又高高在上不容违逆，他说："天界之巅忉利天，四方各有八城，加中央一城，合为三十三天城。如今三十二城主齐聚于善见城，共商大计，实乃忉利天之幸。"

那时他还那么年少，意气风发的样子有如春风，那么轻易就让人印在脑海里。爹爹回头看我一眼，笑着把我拉到身前，声音慈爱又有些笑意，他说："陵歌，你看，那就是万物之主帝释天，你未来的夫君啊……"可是爹爹的目光却又沉下来，有些凝重地说："因为，他是这世上唯一可以拯救你的人。"

画面却又旋转起来。泠月白横抱着我，从一片碧绿美丽的森林走向一个无边的黑洞，他说："陵歌，我带你去我长大的地方，那里四季黑暗，却有世上最华美的宫殿，我会像你对我一样对你好……"

又是这样的梦，我抱着头痛苦地醒来，只见自己正躺在修罗城外的鬼冢坡上，旁边生着一簇篝火，那个戴着黑铁面具的男子正坐在我对面，有些玩味地看着我。

“玉陵歌，你还是跟小时候一样倔强。”那人看一眼被我咬出一行牙印的手掌，幽幽地说。

我一愣，警觉地问：“你以前认识我？”

他似是有些疑惑，说：“难道我方才给你的‘还魂散’，还是没能让你想起从前的事吗？”他凝视我片刻，自语道：“看来他们给你下了很重的药。不过也对，修罗界最不缺的就是彼岸花。”

我听得一头雾水，理了理思路，说：“你到底想说什么？”

那人慢悠悠地看一眼西方修罗宫的方向，坐在这个山坡上隐约可以看见此时的修罗宫已经磷火通明，他的黑眸这才望向我，神色凝重不容违逆，说：“你，玉陵歌，是忉利天三十二城主之一——太明玉完天的女儿。在你九岁那年，泠月白假装成受伤的人众混入你寝宫，趁城主不备将你掳到修罗界。他给你服食彼岸花熬制而成的‘彼岸倾’，让你忘记从前的记忆，是为了……”

他的话还没说完，可就在这时，我耳边忽然掠过一阵风声，只见几根黄金羽箭钉在面具男子周围，他懒懒挥剑格开，望向我身后，说：“泠月白，没想到你这么快就来了。比我预料的要快许多。”

泠月白的美丽紫瞳怒视他一眼，直直朝我奔来，扶起我关切地说：“陵歌，你还好吧？”

我摇摇头，身子往后一缩，对他本能地有些抗拒。现在我脑中很乱，我不知道我该不该相信这个陌生的面具男子，可是我对泠月白，似乎也不是完全没有怀疑……

此时，泠月白身后众多修罗兵将已经将面具男子团团围住，他站在一群修罗中间，黑色面具肃杀冷厉，周身却弥漫着一种华美清明的杀气，他忽然望向我，透过他的如玉黑眸，我看得出他是在对我笑："玉陵歌，其实你已经知道应该相信谁了，是不是？"他的声音腾起在半空，越来越远，却依旧清晰。

话音未落，四周忽然散起一阵白雾，覆盖了整个鬼冢坡，混乱中，泠月白一把将我揽在怀里。众修罗挥剑驱散雾气，可是当目光可以看得清眼前的时候，那个头戴黑铁面具的男子早已没了踪影。

泠月白紧紧扼着我的腰，美艳紫眸中第一次闪现出一种不确定的光焰，他逼视着我，说："他方才跟你说什么了？……你相信他，是不是？"

我一时心如电转，没有正面回答，试探着问："他跟我说修罗界有种药叫'彼岸倾'，吃了之后可以忘却从前的记忆，可是真的？"

泠月白眸子一紧，正待要说什么，却忽然有个修罗宫的暗林卫快马来报，跪地抱拳，说："启禀小王爷，修罗宫已经被帝释天的人包围了，主殿被毁，一片火海。女皇和几个大臣已经退入密道。"

泠月白一怔，望一眼修罗宫的方向，紫眸中闪过一丝骇然冷意，咬牙道："好个帝释天，原来绑架是假，围攻修罗宫才是真。"说着，他将金剑收回剑鞘，道："修罗众将听令，如今不可贸然抵抗，速回密道与皇姐会合，保存兵力，再做打算。"

在众修罗的附和声中，泠月白翻身上马，一把将我拽到身前，双手握着缰绳，将我环在他臂弯里。即使背对着他，我也能看到他此刻冰冷双眸散发出来的幽幽冷光。我有些担心地回头看他一眼，他却忽然抱紧了我，下巴抵在我单薄的肩膀上，像是在抚慰，又像是取暖，在这样一个动荡的夜里带来一阵暖意。

三

修罗宫的密道宽敞华丽，几乎与宫殿内部的陈设无异。可见因为天界和修罗界征战不断，修罗皇族早已经把逃亡当成了生活的一部分。墙边的磷火散发着幽幽绿光，女皇坐在正中的主位上，美艳的脸庞面无表情。

此刻，门外大火连天，修罗皇宫已经被天界的士兵所占领，是战是降，还是弃宫而逃……站在这密道里的每一个人，都各有各的心思。

我站在泠月白身后，脑中也是一片混乱。那个戴着黑铁面具的男子到底是谁？如果他是为了声东击西才绑架我，那他大可以直接把我杀了，没有必要编那些谎话来骗我。如果他所说的都是真的，他又为何会这么了解我的身世，泠月白又为什么将我从天界掳走呢？……我忽然胸口一疼，倚着墙壁才没有跌倒在地。

这是老毛病了，每当我过度劳累或者遇到打雷的时候，我的胸口都会这样动荡地疼，仿佛有一股未知的能量在我身体里流窜。

泠月白回过头来看我，目光里带着深深的关切，他握着我的手，一手揽着我的腰扶我坐下，小声问："陵歌，你怎么样？胸口又疼了吗？"

我看着泠月白那双清澈紫眸，心中不由有些感动。倘若不是为了我，他也不会被调虎离山，牵制了兵力，眼看着修罗宫沦陷在敌军手里。我轻轻回握了下他的手，说："我没事。你去看看女皇吧，她现在比我更需要你。"

月白眼中闪过一丝暖意，朝我点了点头，站起来正欲往女皇的方向走去，却只见女皇身边那个极丑的左大臣忽然看我一眼，目光中灵光一闪，跪在地上说："启禀女皇，关于突围，微臣已经想到一个良策……只是，需要小王爷的人来配合。"

泠月白停住脚步，顺着他的目光看向我，紫眸中登时警觉，说："什么良策？"

"如今女皇被困密道，迟早会被帝释天的人发现。在此之前，我们必须突围到冥域的暗罗城去，才有机会另谋打算。"左大臣看我一眼，说，"此刻密道里除了女皇之外，只有玉陵歌一个女子，只要她换上女皇的衣裳……"

左大臣忽然噤声，似是被泠月白的目光所震慑。可是泠月白再回头看我的时候，紫眸中隐约已然充满歉疚。他也知道，这是如今唯一的办法。

我心中一冷，也不知应该哭还是应该笑，只是不想让泠月白为难。我站起身，冷静上前一步，说："陵歌愿为女皇引开追兵。只要，女皇金口答应我一件事。"

左大臣沉着脸上前一步，说："玉陵歌，能替女皇死是你的光荣，你难道还想谈条件吗？"

我冷冷瞥他一眼，道："左大臣这般大义凛然，让你穿上小王爷的衣服替他去死，你可愿意？"

左大臣面上一青，退到一旁，没有再说话。我的余光掠过泠月白，他的紫瞳里忽然充满了痛楚。

女皇冷眼看着这一切，沉静开口，说："你要什么？尽管说吧。"

我垂首，一字一顿答道："我要'彼岸倾'的解药。——如果我能活着回来的话。"

女皇微微一怔。泠月白也是一怔。

从他们的眼神里，我忽然明白，那个头戴黑铁面具的人，并没有说谎。

四

我穿上女皇的金色暗凤袍，头戴紫金打造的飞鹰冠，黑水晶墙壁上隐约映出自己的影子，这是不同于往日的一种美丽，仿佛开得最艳的花朵，明日就要凋零。

要让天界的人相信我就是修罗女皇，自然也要派一队像样的修罗兵士来保护我。我望一眼他们凝重肃穆的神情，此刻才深深地认识到，不论是天界还是修罗界，想要保护家园的心情都是一样的。

在我翻身上马之前，泠月白忽然拉住我，紫眸里闪过一丝不舍，片刻之后却终于放开了。主仆一场，我朝他绽出一个笑容，朝我身后的众多将士躬身行个礼，策马往密道西门奔去。

大火连天，无数黑玉灯柱倒塌在地，绿色磷火散落在黑暗的角落里，地上躺着无数尸首，空气中弥漫着天众和阿修罗的血液混合的血腥味……马嘶叫狂奔着，我茫然地挥舞着手中的剑，听着四周四散着的天众士兵的声音："活捉泠水仙，活捉泠水仙……"

我握紧了手中的剑，胸口隐隐作痛，我心中的恐惧和惊慌却渐渐被冷静所取代，我凝眸看着前方，一剑刺倒了从旁边冲过来的数个人……不知道穿过了多少条淌满了鲜血的小径，踏过了多少堆积在地上的尸体，忽然间黑影一闪，我的马登时一阵长嘶，倏忽只见一个浑身黑色铠甲的男子挡在大路正中，双眸漆黑深不可测，浑身散发一种凛然的杀气，正是方才将我掳走的那个人。我座下的战马本是修罗女皇的坐骑，平素英勇无比，可是此时与那人对视片刻，却嘶叫着不肯上前，又忽然前蹄一扬，将我从马背上掀了下来。

我站起身怔怔地看着他，只见他的黑眸里蕴着血丝，黑铁铠甲上溅满了殷红的血，月光下散发出一种森然冷意。我忽然觉得这个人如此陌生，他却一步一步向我走来，手中的长剑与铠甲摩擦出阵阵声响，缓缓朝我伸出手来……

就在这时，身后忽然掠过一骑快马，一双有力的手臂拥我入怀，风一样从他面前掠过……

面具男子手中握着我的一片金色裙角，在夜风中飘然飞舞。他的黑眸在月光下灿若星子，银色长发迎风飞舞，铠甲上飞溅着殷红的血珠，在我回头的瞬间，定格成我记忆中一个永恒而诡异的画面。

这是小王爷的坐骑，传说可以日行三千里，快如闪电。夜风吹散了我的长发，泠月白在马上紧紧抱着我，我心下惊惧不定，只能软软地靠在他怀里。

“谢谢你。”半晌，我由衷地说。

泠月白忽然捏过我的下巴，妖异紫眸在月光下凄迷而深情，他在我耳边说：“陵歌，我又救了你一次。你从此便该知道，你的命是我的，断不可以再去给别人。”

我一怔，刚想再说什么，泠月白忽然将怀中的一个红色瓷瓶抛向半空，说：“彼岸倾的解药我不会给你，你也没有必要再想得到它。……陵歌，我带你走，离开修罗界，离开忉利天，离开无休无止的征战，你说好不好？”

我心中不由动容。“我带你走”，这四个字就像魔咒，想必世间任何一个女子听了都不能无动于衷，更何况说出这话来的是修罗界花心邪佞又美貌倾城的泠月白。我回头想看他的紫色眼眸，胸口却骤然一痛，只见漆黑天幕中央划过一道闪电，仿佛一道利斧劈开了黑暗……忽然一声闷雷自天边翻滚过来，我胸中剧痛，捂着胸口跌下马去……

体内仿佛有什么在燃烧，胸口中仿佛有万道钢刀在刺，我捂着胸口蜷缩在地上，泠月白关切地看着我，清澈紫眸里映出我因痛苦而扭曲了的脸。雷声过后，大雨倾盆，豆大的雨点打在我们身上，此刻泠月白眼中的痛楚，其实更甚于我。

他俯身抱起我，翩然白衣被泥土染成黑色，却丝毫不见凌乱，他抱着我往山脚的方向跑去，恍惚中，我听见他喃喃地说：“为什么是你！陵歌，为什么雷火珠要选中你……”

一阵雷声轰然而过，我的胸口又是一阵绞痛。我再受不住这痛苦，紧紧靠在泠月白怀里，终于失去了知觉。

五

晨曦初露，想必对于所有人来讲，这都是一个漫长的夜晚。我睁开眼睛，发现自己正躺在泠月白胳膊上，他睡得很安慰，长长的睫毛覆着眼睑，掩盖了那双妖艳紫眸之后的他，在清晨微薄的阳光里显得格外俊秀清澈。

泠月白缓缓睁开眼睛，铮亮紫瞳反衬着阳光，散发出迷人的光晕，他关切地坐起身，握着我的肩膀说："陵歌，你感觉怎么样？还疼吗？"

我摇摇头，只是看他的眼神里，多了一分冷静和纠缠，泠月白察觉到我的异样，凤目微挑，说："陵歌，你怎么了？是不是在怪我扔了彼岸倾的解药？"

我微微扬起唇角，说："其实有些东西，深藏在记忆里，根本不需要解药。"我站起身，指着茅草屋窗外的那个深蓝色的宫殿，说："那就是暗罗宫，对么？"

泠月白深深地看我一眼，点点头，说："暗罗宫是修罗皇族在冥域的行宫，里面有十二个黑暗式神的石像……陵歌，你要记住，不管谁命令你，逼迫你，你都不能踏进暗罗宫一步。"

我心中感动，眼眶微微一酸，背过身不让他看到我的异样，说："泠月白，我在你身边做了四年的侍婢。你总是让我做这做那，还帮着那些舞姬欺负我……为什么到了今天，才肯对我这么好?”

泠月白一愣，修长的手已经抚上我的脸颊，声音中透着一丝无奈和宠溺，说:“傻瓜，我以前总想法子欺负你，是因为你从来不肯像别的女人那样讨好我，在乎我啊……”他轻轻将一缕刘海别到我耳后，紫眸中仿佛盛着似海深情，一字一句问道:“陵歌，你心里到底有没有我?”

我咬着嘴唇，含着泪露出一个笑容，把手缓缓伸到他怀里，说:“月白，这一世，我注定……是要负了你!”话音未落间，我已经掏出他怀里的迷药洒在他脸上，泠月白俊美的脸上露出难以置信的神情，一双紫瞳仿佛凝了水，颤颤的让人心疼，终于缓缓闭上双眼晕了过去。

“对不起……月白，对不起。”我将他轻轻放在床上，最后一次为他盖好被子。

其实你我之间的恩怨，谁负了谁，又岂是一句对不起可以说得清的?

昨夜雷声滚滚，我已经在极度痛苦中想起了从前的事。泠月白，当你在四年前把我从天界掳走的时候，可曾想过我有一天会因此而恨你，怨你，无法原谅?

……如果你那日没有将我从玉完城带走，我跟帝释天之间，会怎么样?

……如果昨夜我没有想起那一切，我又是不是真的可以让你带我离开，跟你双宿双栖，浪迹天涯呢?

可是所谓的如果，就是永远不会再有答案。

我走出茅草屋，朝着跟暗罗城相反的方向行进，可就在这时，那匹原本属于冷月白的战马好像意识到了危险，扬起前蹄长嘶起来。我握着剑柄，防备地望向树后。忽然调转缰绳往旁边的山路跑去，可是却已经晚了，左大臣带着一队士兵挡住了我的去路，丑陋的脸上挂着一丝阴狠的笑意，说："玉陵歌，差点忘记了，一个月之后就是你十五岁生日。女皇要亲自为你庆祝，快跟我回暗罗宫吧。"

我冷笑，道："跟你回暗罗宫帮你召唤十二黑暗式神吗？你做梦！"

左大臣冷哼一声，说："这些话，你留着回去跟女皇说吧。"说着，伸手一挥，他身后的暗林卫便像潮水一样向我涌来……

我握紧了手中的剑，心想，这一次，我不会再让任何人阻挡我回到帝释天身边！一面扬剑策马，用尖利的剑刃刺向那些阻拦我的人，手臂也被他们划伤，座下战马长嘶，渐渐经不起这样的车轮战，倏忽间已经被砍掉一双马腿，我跌落在地上，不服输地望一眼那个丑陋的左大臣，心想倘若战败，我唯有一死，也不可跟他们回暗罗宫。

就在这时，远处忽然传来阵阵嘶吼，不似野兽，也不似人类的呼号，一声一声，响彻山谷，忽然间只见一条巨蟒飞快地向我匍匐而来，腰身竟有十根黑玉灯柱那么粗。众修罗兵将个个面露惧色，惊恐地后退数步。

我惊惧地站在原地，不知这巨大的蟒蛇为何会直冲着我来，然而所有的担心和惶恐，却在我看清楚大蟒脖颈上的人头时四散而去。

"摩呼罗迦！"我冲口而出地喊道。

它朝我笑笑，粗长的巨尾已经扫向左大臣，只听一声巨响，一棵数十丈的冥树应声倒了下来，压倒了数个修罗兵将。其他的则簇拥着左大臣四下逃窜。

我上前轻抚摩呼罗迦的腰身，心中无比亲切，说："摩呼罗迦，是爹爹让你来救我的么？"

摩呼罗迦的意思是大蟒神。摩呼罗迦者，人首而蛇身，是天龙八部之一。我想起在玉完城的时候，它还是父亲的臣子，经常驮着年幼的我在森林里玩。

四年过去了，摩呼罗迦也长大了些，它摇摇头，说："我如今在帝释天座下服侍。是他派我来救你的。"

帝释天。我心头一凛，所有过去的回忆汹涌而至。

我想起幼时那个白衣胜雪的男子，曾在高高的沙罗双树顶为三十二城主弹奏一曲清心咒。

可是我的心，从那时起，却装下了一个人，再也无法真正地清心了……

我又想起昨夜在阿修罗城见到的那个头戴黑铁面具的男子。

那可是他么？

一样的漆黑瞳仁，一样的银发翩然，可是为何，他的眸中却盛满了恨意和杀气，再不是当年妙如春风的帝释天了？

摩呼罗迦驮着我穿过修罗界一座座崎岖的高山，一条条黑暗的河流，就像小时候那样。我抱着它的脖子说："摩呼罗迦，可以给我讲讲这些年来，善见城都发生了什么事吗？"

六

焕夕颜，其实我记得那个女孩，太焕极瑶天的女儿，一双明媚秀目，倔强而嫣然。当我从摩呼罗迦口中听到她跟帝释天的故事的时候，其实并不感到意外。原来他这几年性情大变，将阿修罗视为死敌，是因为阿修罗女皇泠水仙害死了焕夕颜，他最心爱的女子。

我始终相信，许多事情冥冥之中自有定数，强求也是枉然。比如帝释天，比如焕夕颜。我父亲是玉完城城主，忉利天三十二天中最有势力的城主，所以我与帝释天的婚约，从小就被认为是理所当然。渐渐地，连我自己也如此以为，所以当我第一眼见到帝释天的时候，就已经认定他是我的夫婿。

只可惜，我们始终错过。

当摩呼罗迦驮着我抵达善见城的时候，天界的天兵天将们已经大败阿修罗，胜利归来，举国欢腾。在欢呼的人群中，我看见身穿黑色铁甲的帝释天，他已经除下面具，俊美容颜上却并无过多的表情。

果然是他。长发潋滟，杀气清明。只是那双曾经比春风更和煦的眼眸，如今已经因为思念一个死去的女子而变得冰冷。我穿过层层人群仰望着他，忽然希望可以分担他的忧伤，哪怕只有一点点也好。

那座儿时曾经来过的皇宫，如今已经变得有些陌生。御花园里种满了我不认识的铃铛花，每当我一靠近帝释天的寝殿，它们就会叮当响着来攻击我。

那个朝阳迷蒙的清晨，帝释天从寝殿里款款走出来，正遇上在跳来跳去与铃铛花纠缠的我。这是我第一次正式以玉陵歌的身份与他相见。

浅金色的阳光安详地照在他俊美的容颜上，给银白飘逸的长发镀上一层浅浅的金边，他看着我，神色露出一丝难得的温和，一语双关地说："陵歌，你回来了。"

我的人，我的记忆，都回来了。我点点头，微微有些局促，说："从前的事……我都想起来了。谢谢你救了我。"

帝释天漆黑双眸中却忽然闪过一丝冷然和深邃，说："我救你也有我的目的。你不必谢我。"

我垂下头，低低地说："我知道。"我忽然想起那日我在他手上狠狠咬下的那道齿印。"……对了，你的手还疼吗？"

帝释天抬起手掌，只见我的牙印已经变得很浅，可还是结疤留下了印记。他不在意地笑了笑，说："早已经不碍事了。……比起你所受的苦，这都不算什么。"他抬头看向我的眼睛，瞳仁里蕴着一丝悲悯。

我忽然抬头直视他的眼睛，鼓起所有的勇气，说："我咬你，在手上留下印记，是希望你永远记得我。你明白吗？"

帝释天一愣，呆呆地看了我片刻，唇边扬起一丝冷然笑意，说："陵歌，从小时候起，我就只把你当妹妹，以后也是一样。我留你在善见城，是因为我们都知道的一个秘密。……你明白的，是不是？"

我的心一凉，没有点头也没有摇头，只是呆呆站在原地。帝释天转身要走，我却一把拉住他的衣角。

“我喜欢你，从我小时候起就喜欢你。你知道的，你明明知道的……”我自后抱住他，说，“即使你心里已经有别人，即使我知道我们没有明天，可是我仍然控制不了自己的感情啊……”我的声音里竟然带着哭腔，这是我第一次亲身体会到，原来喜欢一个人会让自己变得这样卑微。

一阵诡异的沉默。朝阳缓缓升上半空，平素喜欢吵闹的铃铛花也不再言语。

良久，帝释天一根一根掰开我覆在他腰间的手指，声音里透着一抹无奈和决然的冷意，说：“陵歌，在你生命消失前，除了爱情，我什么都可以给你。”

我的胸口忽然一阵刺痛。

我想，这是我这辈子听过的最残忍的一句话。

七

帝释天开始刻意疏远我。对于我们过去的婚约，天界也没有人再敢提及。我不知道我身上的秘密是否已经成了一个公开的秘密，我只知道，时间一点点流逝，我十五岁的生日愈来愈近了。

善见城里的黄昏很美，我时常坐在高高的沙罗树上望向帝释天的寝宫，偶尔可以看见他从门口经过，身后带着无数随从，白衣翩然，银发生辉。可就在这时一朵顽皮的铃铛花忽然攀到我脚下，一下子缠住我的脚踝，我猝不及防，整个人往地上栽倒下去，树枝啪的一声折断，帝释天遥遥看一眼我的方向，只见白影一闪，倏忽间他已经出现在我面前，及时在我落地之前，稳稳地将我接在怀里。

他怀中独有的龙涎香的味道扑面而来，一阵心醉，恍惚过后，心底却是一阵酸楚的刺痛。帝释天将我放在地上，面色淡然，说："这片林子里的铃铛花很不听话，你以后小心一点。"说着，他转身离去，沙罗双树上的花瓣翩然而下，落在他的长发上，形成一幅绝美明丽的画面。

我望着他的背影，怔怔地，久久不能离去。或许，即使没有儿时的记忆，面对这样一个男子，我仍然会无法控制地爱上他吧……

暮色四合。我也不知道自己在花园里逗留了多久，刚想转身回去，却猛然发现自己的后方站着一个人。

这女子很美，头戴水晶镶金链坠，整个人散发着一种空灵华美的气质。头顶正中却长着一只角，用素色飘带装饰着，看起来依然那么显眼。我一愣，说："你……你是紧那罗？"

"紧那罗"是帝释天身边的歌神，是忉利天专门演奏法乐的音乐家。在梵语中为"人非人"之意。她形状和人一样，但头上生一只角，所以称为"人非人"，善于歌舞，是帝释天的乐神。

那女子点了点头，淡淡的，素净的眸光却冷冽逼人。

只是，传说她很爱清净，一直待在深宫不愿见人，此刻却为何会出现在我面前？

我经历了这么多事，又在修罗界待了那么久，本能地警觉，握了我腰间的剑柄，说："你是来找我的么？"

紧那罗直直看着我的眼睛，缓缓地说："玉陵歌，你自己应该很清楚，你是被雷火珠选中的女子，在你十五岁生日到来的时候，你会遭遇怎样的下场。"

我一愣。果然，在天界，我身上的秘密已经不再是秘密了。只是这些，我其实比谁都清楚，又何须旁人一而再，再而三地提醒我？

我冷然一笑，说："你这话是什么意思？陵歌听不懂。"

紧那罗上前一步，说："那我直截了当地说好了——当你十五岁生辰的时候，你体内的雷火珠的能量就会爆发，并被式神的磁场所吸引，最终将它们唤醒。……你到时候会死，并且会死得很惨。"她美艳的脸上没有半点怜悯，仿佛在谈论天气般平常。

她竟然用这种口气说出我心底最隐秘的恐惧，我怒视她一眼，冷然道："紧那罗，那你想怎样？"

紧那罗款款摘下额前的水晶佩饰，像是在自语，说："其实你不了解帝释天。纵使他与从前不同，变得冷酷而决绝，但是他心底最深处的地方，仍是最初一般的温暖善良。"

我被她一瞬间迷惘的表情所惊呆，冲口问道："你来找我，跟帝释天有关？"

"昨夜，从他所弹奏的琵琶声中，我能听出他对你的怜悯和歉疚。可是他一旦对你心软，受难的就会是整个天界。——因为雷火珠不但可以召唤天界十二式神，对修罗界的黑暗式神也一样有效。……如果最终心软，不忍心杀你取出雷火珠，那么雷火珠就会被阿修罗族抢走，你的死，也会变得更加没有意义。”紧那罗声音一转，喉咙中忽然响出高亢的歌声，像枷锁一样缭绕在耳边。我本能地捂住耳朵，只见两侧树木断裂横飞，我这才明白她适才为何会先将身上的佩饰取下。那种爆发的冲击力一下一下撞击着我的耳膜，带来一阵钻心的痛楚。

我跪在地上，痛苦地捂住耳朵，咬牙问道："紧那罗的歌声独步天下，亦是最无形的杀人凶器。只是，你为什么要害我？"

紧那罗一边歌唱着一边朝我走来，说："倘若在你十五岁之前杀了你，雷火珠便不能成型。那么无论哪一方的式神都要再沉睡二百年——保持现状的平静，这就是我想要的结果。"

说着，她忽然间从袖中抽出一根琴弦，狠狠往我脖颈上勒过来……我感到一阵窒息，却忽然放弃了挣扎……也许像她说的那样，就这样结束或许是个更好的结局……

我闭上眼睛，只觉自己的气息越来越弱……可就在这时，只听砰的一声弹破琴弦的声音，我的脖颈忽然一松，我睁开眼睛，只见泠月白正站在我面前，手中金剑指向紧那罗的喉咙……一声微弱的血肉崩裂声之后，泠月白已经刺破了紧那罗的喉咙，冷厉紫眸不带一丝温度。

八

在紧那罗缓缓倒地的时候，泠月白一把拉起跌在地上的我，美丽眼眸中弥漫着一丝痛楚和邪佞，他握紧了我的肩膀，像是要将我捏碎一般，说："玉陵歌，我说过，你应该知道：你的命是我的，断不可以再去给别人。你为什么要一声不响地离开我，又将自己的性命拿给别人去践踏？"

我如此接近地看着冷月白这张倾国倾城的妖艳俊脸，只见他一双紫眸情深似海，我忽然有种恍惚的感觉，忍不住轻轻抚上他的脸颊，说："四年前，当你将我带离玉完城，掳往修罗界的时候……你就该知道，以我的性格，在知道真相之后，我一定会恨你的。"

一幕幕往事我都已经清晰地记起。还记得四年前，冷月白乔装成普通人众的模样，佯装受伤昏倒在玉完城外的树林里，我碰巧经过，一时好心救了他，他却在骗取我信任之后，趁我不备将我带回修罗界……一晃就是四年。

这段时间，我曾经任性地想，那么我与帝释天之间的这些错过，冷月白又该如何补偿呢？

冷月白紫眸一颤，声音里第一次这样飘忽不定，说："陵歌，你都知道了，我……"

我却没给他说下去的机会，心中说不清是怒是怕，一掌劈过去，转身就往帝释天的寝宫跑去……

冷月白却一把拽住我，几日不见，他的功力长进了许多。只见他美艳紫眸中涌出一种剧烈的愤怒和心痛，冷月白将我紧紧扼在怀里，狠狠逼视着我说："抢也好，夺也好，让你恨我也好。玉陵歌，今生今世，你只能陪在我一个人身边。"

我的心微微一怔，只见他将一把粉末洒在我脸上，恍惚中我拽紧了他的袖带，渐渐失去了知觉。

黑暗中，我睁开眼睛，当我缓缓适应这种光线，借着隔壁传来的微薄的磷火火光，隐约可见这是一个宽敞的石室，两侧却有十二个形态各异的龙形石像矗立在那里，表情狰狞，即使只是冰冷石像，仍然让人望而生畏。

我屏住呼吸，暗暗往墙边挪动了一下身体，透过一道石墙，隐约可以听见泠月白的声音。

“原来皇姐将飞天镜借给我去找陵歌，是为了她体内的雷火珠。”泠月白冷冷地说。

女皇的声音听不出一丝喜怒，缓缓地说：“月白，你该知道，作为修罗皇族，到底什么对你来说才最重要。”

“你跟帝释天的恩怨我没兴趣知道，我也不想卷进来。总之我现在要带陵歌走，雷火珠也会从此消失，你放了我们吧。”月白的声音里有种倔强的笃定。

女皇的声音却忽然有些飘忽，说：“月白，你是我唯一的弟弟，我知道你的感觉……曾经，我也这样爱上过一个人，可是他却不接受。……陵歌心里有别人，你应该知道的。那么，即使你带她走到天涯海角，她也不会感激你的，是不是？”

泠月白一愣，一时没有作声。

“所以，与其在一个不值得的人身上费心思，不如成就大业！”女皇的声音忽然一转，霎时间只见一道黑光闪现在我眼前，女皇举着右手，一掌打穿了我面前的石壁，她侧头望向我，露出一抹冰冷而美艳的微笑，说："玉陵歌，你也喜欢帝释天是不是？

我一愣，这种突如其来的光线刺痛了我的眼睛，猝不及防间，只见眼前一道金光与紫光交错在一起，片刻间冷月白已被女皇打翻在地，她用缚蚕丝将他捆住，缓缓向我走来，眼中有一抹我看不懂的冷然和同病相怜的伤痕，女皇走近了，声音悠远，说："帝释天，他永远都不会爱上你。"

女皇缓缓伸出双臂，我的身体开始不受控制，随着她手臂的指向升到半空，只听啪的一声，黑暗大殿里所有壁灯都被一簇暗绿色的磷火点燃，照亮十二座石像狰狞的脸，映衬着女皇面无表情的美艳的脸，这情景说不出的诡异骇人。

我强自冷静，直呼其名，说："泠水仙，我的生辰还没到，体内的雷火珠尚未成型，难道你想现在就杀了我？"

泠水仙将我移放到一个黑玉石台上，用长指甲割破了左腕，将她的血洒向最近的一个石像，冷笑道："雷火珠现在的确没有能量召唤十二个式神，但是配上我的血咒，却可以召唤出其中最强的一个。我不贪心，也不需要那种地动山摇的力量，只要能赶在帝释天之前召唤出一个黑暗式神，对我来说已经足够。"

我一怔，只见泠水仙的手掌停留在我胸口上空，扣动着手指，像在施一个古老的神咒……我咬牙别过头去，难道就要这样死在这里了吗？……可是，即使是死，我又怎么可以让泠水仙得到雷火珠的能量……

冷水仙伸出修长白皙的右手，金色指甲在幽幽绿火映照下熠熠生辉，可就在她的指甲要刺破我胸口的时候，忽有一道白光破空而来，阻碍了她的动作。暗罗宫中忽然光亮一片，帝释天缓缓走下台阶，一袭胜雪白衣翩然而至，他手中的白光与冷水仙的黑光纠缠片刻，忽然发出巨大的冲力，黑玉石床骤然坍塌，我跌落在地上，身体也恢复知觉，我本能地想要往帝释天的方向跑去，却被身后的一股力量牢牢抓住，动弹不得，是冷水仙自后挥掌将我吸住。只见我体内散出一道红光，折射在她手掌的血液上，一瞬间照亮了龙形石像的眼睛。

那座狰狞石像大吼一声，猛然睁开一双铜铃大的血红的眼睛，下身却仍是石头，一时间动弹不得。我被冷水仙的掌力吸在半空，五脏六腑剧烈地疼痛起来，体内像是有种莫名的力量呼之欲出……

就在这时，忽然有人自后打了冷水仙一掌，打断了她的血咒，我整个人掉落在地上，浑身再没有半点力气。我侧头望着冷水仙倒下的方向，却看见冷月白痛楚而歉疚的眼神。他看一眼倒在地上的冷水仙，垂首说了一声："姐姐，对不起。"说着他上前一步，横抱起我往大门的方向跑去。

就在这时，帝释天已经赶到我身边，他手中忽然闪过两道银光，是他常用的银月钉，一枚打向冷水仙，另一枚却是朝向冷月白……我一瞬间心如电转，片刻已经直起身子挡在冷月白身前……

那枚银月钉的力道很大，它甚至将我从冷月白的怀里打落在地。帝释天一愣，冷月白也是一愣，急忙俯身抱住我，一双美丽紫眸不知是惊是痛，怒道："你为什么要这么做？"

……我想起我与泠月白相伴的四年时光，我想起这个俊美男子曾经一脸任性地对我说："陵歌，我又救了你一次。你从此便该知道，你的命是我的，断不可以再去给别人。"

"月白，我欠你那么多……"我的手抚向他的脸颊，歉疚、不舍，种种说不清道不明的情感纠缠在一起，可我知道那并不是爱情。

我看一眼四周，那只已经复活了一半的黑暗式神正在永夜一样的暗罗宫中愤怒地嘶吼，嗜血的红眼透出说不出的狰狞骇人。我望一眼帝释天，又望一眼躺在地上狠狠瞪我的泠水仙，哀哀地说："如果泠水仙失败了，你大仇得报……答应我，从今天开始，要快乐，好不好？"

帝释天一怔，俯视我的潋滟凤目中带了一丝悲悯，他刚想朝我走来，却被泠月白手中的金剑逼退数步，此时他的紫色瞳仁已是愤怒得没有一丝理智。电光石火间，二人已经缠斗在一起，一金一银两道身影光芒闪烁，一时间不分上下。

我挣扎着摆正了身体，盘膝而坐。脑中飞快闪过从前的记忆，双眼忽然湿润。

九

可是，事到如今，除了用血咒驱散雷火珠，我已经再没有第二条路可以走。

殷红的血，顺着我的两处脉搏滚滚而出，我扣动着手指，轻声念出咒语，胸中放出万道白光，霎时惊住了那两个与我纠缠了半生的男子。

我笑，隔着迷蒙的泪眼，我看见帝释天恍然而痛楚的眼神。直到这一刻，我才真正明白当年父亲话中的真正含义——只有帝释天一个人可以拯救我。如果他爱的人是我，便会好好地保护我，不会让我落入阿修罗手里，更不会利用我体内的雷火珠去唤醒式神……可是，事到如今，除了用血咒驱散雷火珠，我已经再没有第二条路可以走。

我的父亲太明玉完天早在十五年前就已经预知了今天的结局。为了防止我体内的雷火珠被阿修罗用来唤醒黑暗式神，他早已在我身体里下了血咒。在我十五岁到来之前，只要我解印引爆这个血咒，就没人再能得到雷火珠了。只是我的生命，也将随着它一同消逝。

巨大能量的冲击下，暗罗宫开始左右摇晃，一片刺眼的光芒下，只见一粒红白交错的珠子从我胸腔中腾起……角落里半醒的黑暗式神奋力嘶吼着，我身体里的血液几乎已经流干，奋力集中精神念完咒语……

只听“轰隆”的一声巨响，暗罗宫摇了摇，雷火珠在半空中碎成五瓣，片刻间已像雪球一样朝五个方向飞去，留下一道长长的光辉缓缓散落在半空……

我的血已经快流干，生命亦已经耗尽，恍惚中我看见帝释天胜雪的白衣，他将我抱在怀里，他的眼神那么痛楚。记忆中，他从来没有那样温柔地看过我。

暗罗宫坍塌之前，我靠在帝释天怀里，哀哀地说——

我知道我永远取代不了她的位置，就像在我心里，泠月白永远取代不了你。

只是，既然这样，我们为什么还要相遇呢？

让我抚平你的寂寞，让你不再孤单一人……

……不可以吗？

我想无论今生还是来世，我都永远无法忘记听到这番话时，帝释天一瞬间因动容而疼痛的眼眸，以及冷月白充满哀伤的妖艳紫瞳。

如果可以选择，我仍然愿意背负这被诅咒的命运，只为可以这样与你相遇。

天崩地裂之间，千般眷恋，万般欢好，化作烟尘。

尾　声

所有的回忆在眼前回放……

是谁在开满铃铛花的树林里，一根一根掰开她的手指，声音里透着一抹无奈和决然的冷意，他说："陵歌，在你生命消失前，除了爱情，我什么都可以给你。"

又是谁，曾在一片白亮月光下将她紧紧抱在怀里，狠狠地说："抢也好，夺也好，让你恨我也好。玉陵歌，今生今世，你只能陪在我一个人身边。"

……

坍塌了的暗罗宫，不但掩埋了十二座黑暗式神，也掩埋了一个血液流干的女子，以及一段后人永远无法得知的乱世情缘。

只有碎成五瓣的雷火珠，飘荡在天地之间，寻找下一个主人。

梦里不知身是客

几回魂梦与君同？犹恐相逢是梦中。

泠月白的身影微微顿住，似是触动了久远的回忆。可是同一时刻，他看不到我眼底的伤。他总是不知道，当他因为无法再见到自己心爱的人而伤心难过的时候，我也站在他身后，默默体味着同样的诗句。

一

我坐在廊下的黑树藤椅上，此时泠月白正在我身后的房间里沉睡，重重白色纱幔背后，他俊美的脸庞若隐若现。

房外本是修罗界里最美的黄昏，忽然间一声惊雷划破长空，血红的雨点簌簌地落下来，迷离成一团触目惊心的红色雾气。

天降血雨，即使在修罗界也不多见。按照法典的说法，这是极凶的征兆。我站起身，回头望一眼沉睡的泠月白，神色不由有些担忧。身为修罗界的小王爷，这些年来他承担了许多，如果这场预示着凶恶的血雨会给他带来更多的不快乐，我宁愿他不知道。

想到这里，我抬起右手，微微屈起中间的三根手指，在半空中轻轻画了一个红色的圆圈。霎时间，天空中所有雨水都流向那个圆圈，在半空中流成一个一尺来长的漩涡，然后沿着我手指的方向，无声无息地流向院中的湖泊。

我扬起一丝满意的笑容，伸手又在远处画了几个同样的圆圈，渐渐地，一场血雨就这样被我消弭在半空之中，不但地上没有留下丝毫痕迹，天空也渐渐恢复成适才晴朗的颜色。

这时，身侧忽然传来一声重物落在地面上的响动。我回过头，只见一个侍从模样的人正瞠目结舌地看着我，半晌才弯腰去捡掉落在地上的箱子，额头上冷汗直流，一副见了鬼的表情，伏在地上磕磕巴巴地说："我……我是女皇陛下派来的使者，专程给小王爷送赏赐来的。"说着，他的头垂得更低，正眼都不敢看我一眼，好像担心我会一口把他吃了似的。

想必这人是目睹了我刚才操控血雨，以为我不是神仙就是妖怪，所以才会这么害怕。我可以理解他的心情，于是温言道："小王爷昨夜彻夜披阅折子，熬得太晚，清晨才入睡。现在睡意正浓，你先不要打扰他吧。东西搁在这里就行了。"

那人应了一声，却跪在地上没有起来，像是做了一场剧烈的心理斗争，最后还是壮着胆子跟我说："女皇陛下叮嘱我一定要亲手把这箱金子交到小王爷手里……所以，所以……"他紧张得来不及措辞，"所以"了半天，我听着都替他着急，却还是保持着一个温和的口吻，接口道："所以，你就留在这里等他醒来吧。"

"……是。"那人面露凄苦，可见十分不愿意与我相处，可是又不敢说个不字。我看着好笑，上前一步抢过他手中的箱子，不由分说地揭开箱子盖，眼前登时呈现一片耀眼金光，竟是满满一箱的金子。我瞥一眼那侍从瑟缩的模样，玩心忽起，心想左右给他看见了我使控水术，也不在乎再让他看看我的熔金术。

掌心腾起阵阵白烟，一锭锭金子在我手中就仿佛是泥土，任我随意揉捏着形状。

“你说，把它捏成什么样子好呢？”我故意逗他。

那人瞠目结舌，只是呆呆地看着我。

“小王爷最需要什么呢？”我自语道。歪头认真想了想，最后把那些金子捏成一把伞的形状。

“雁峰，你来了。”这时，身后传来一个熟悉的男声，还带着一丝初醒的慵懒。我回头，只见小王爷泠月白拨开层层珠帘走出内堂，目光漫不经心地滑过那个侍从的脸庞。

原来这个胆小鬼叫雁峰。我捧着手中刚刚捏成的小金伞，微笑着迎向泠月白，道：“女皇送了一箱金子给你，我把它捏成这个样子，你可喜欢？”

泠月白看向我，俊美的容颜上有一丝淡淡的敷衍，随口答了两个字，“喜欢。”他又看向雁峰，似是无意地问道：“你专程送箱子过来的？”

雁峰眸光一闪，目光迅速掠过我的眼睛，垂首答道：“是。女皇陛下吩咐，一定要将这箱子送到小王爷手里。”

我天生敏感，不知为何，这段看似无用的对白，竟带给我一种暗藏玄机的感觉。

二

雁峰。其实知道那侍从的名字之后，我便对他有些改观。因为能让泠月白记住名字的人，都不是凡人。于是，当我与他并肩走出小王爷寝宫的时候，我主动与他搭话："喂，你方才是不是很怕我？"

雁峰侧过头来看我，一脸惊魂未定。其实细看之下，他有一张干净而年轻的脸。半晌，他有些不好意思地笑笑，说："早听闻小王爷身边有个天赋异禀的侍女，今日一见，却还是不免惊异于姑娘的奇技。"

"天赋异禀？……呵，被众人当作异类，其实这种感觉并不好受。"我唇边露出一丝苦笑，但是转瞬即逝，我扬起头看他，笑了笑，说："我生来就能操控金木水土四种元素，我不知道这对我来说到底是幸还是不幸，我只想用我的这种能力，让小王爷变得快乐。"

雁峰怔怔地看着我，那神情与他方才看我熔金时的样子略有不同。我有一双极目千里的眼睛，所以我此时可以清晰地看见，在他黑玉瞳仁里映照出的我的脸庞。

我在笑。那笑容，带着对泠月白的信仰，美艳倾城。

半晌，雁峰的表情从迷醉转为凛冽，像是下了某种决心才问出口，他说："如果小王爷要你死，你会不会心甘情愿？"

我一愣，不知道他何出此言，但还是缓缓地点了点头。

雁峰怔住片刻，有些茫然地笑了笑，当下也不再多言，拱手道："夏初姑娘，雁某赶着回女皇那里复命，以后有缘再见了。"

我看着他陌生而充满朝气的背影渐渐消失在绯红的天色之中。那些与泠月白之间的前尘旧事，就像凋零的花朵一般浮入我的脑海中。

七年前，我在修罗界的皇宫中醒来，没有任何记忆，亦没有佩戴任何能表明身份的东西。甚至连身上所穿的衣服，都是草叶围成的简陋草裙。一个容貌美艳又凌厉的女子朝我走来，身后众多侍女手上都捧着锦衣华服，她低头看我，眼神中有一种莫名的笑意，她说："平民不可擅入皇宫禁地，你可知罪？"我一愣，还没等我缓过神来，她继续说道，"跟本宫走，从此为修罗皇室出力，你可愿意？"

我低头看看衣不遮体的自己，又看看锦衣金饰的她，茫然地点了点头。那时的我，其实只想跟着这个被称为女皇的女子做个普通的丫鬟，也好有个安身立命之所。

……可是我没有想过，这座阴暗又辉煌的修罗皇宫，不只会困住我的人，也困住了我的心。

初见冷月白的那日，是我入宫的第三天。我端着一盘茶盏走进房门，只见一个白衣身影背对着我坐在桌前，手里捧着一本书，正极认真地看着。夕阳斜斜地打在他身上，整个人散发着一种寂寥而又宁静的光芒，我走近了，忍不住侧头看他一眼，他却也在同一时刻回过头来。

那是一张倾国倾城的男子的脸。四目相对间，我不由又是一怔，因为那张出奇俊美的脸上，竟有一双通透而妖异的紫色眼眸。那双眼睛此刻平静无波，仿佛一层冻住的紫冰，深层却是一抹化不开的寂寥，让人光是看着，便觉得孤独。

我一时只是呆呆地看着他，连手中的茶水洒出来也不知道。他低头看了一眼，微一扬手，说："小心。"我仿佛被惊醒，这才发现洒出来的茶水正流向他手中的佛经，心中不由歉疚，赶忙用袖子擦了擦桌子，说：

“小王爷，对不起。”

他却也不以为忤，只是淡淡问道：“你是新来的吧？怎会知道本宫的身份？”

我顿了顿，脸一红，俯首答道：“因为奴婢曾经听人用‘倾城第一美男子’来形容小王爷，而您有一双紫眸，所以……奴婢斗胆猜测您就是小王爷。”我瞥一眼他手中的佛经，自责道：“奴婢粗手笨脚，弄脏了小王爷的书，真是对不住了。”

小王爷垂下眼帘，用袖子轻拭着纸张上的水迹，淡然道：“不必挂心。你先下去吧。”

不知为何，我却并不想就这样离开，或许是出于歉疚，又或许是他那双本应妖异却又异常平静的眼眸吸引了我，我想了想，道：“如果小王爷不嫌弃，奴婢愿为方才犯下的错误做一些补救。”

小王爷抬起眼眸，不置可否地看着我。可当他没有一丝情感只是平静无波的眼睛望向我的时候，我的脸却不知为何红了起来。于是低头不敢再看他，只是默默扣动手指，将书页上的水珠引向半空，化成一阵水雾四散在空气里。可是仍有一部分水珠被纸张吸收了进去，化开的墨迹无法复原，我歉疚地说：“奴婢只能做到这样了。”

他看我的眼神包含了一丝惊异，但是很快便复原了，挑眉问道：“可以操控金木水土四种元素，你就是夏初？”

我点了点头，他竟知道我的名字，这让我有一丝莫名的惊喜。

“姐姐已经把你送给我了。从明天起，你就跟我回宫吧。”他淡淡地说。而后又低头看向手中的佛经。

他不知道，这一句简短而普通的说辞，不仅带走了我的人，也带走了我的心。

第二次见到雁峰的时候，我正在御花园里浇花，蓦一回头，却于百花深处看见他纠结又犹豫的眼眸。我挥一挥手，将浮在半空的数道水柱引入池塘，打趣道："你也不是第一次见我'天赋异禀'了，有什么好奇怪的？难道你指望我这样的人，会用水壶去浇花吗？"

雁峰那一刻的神情有些像被抓了现行的小偷，挠了挠脑袋红着脸走出来，说："看来夏初姑娘不仅能操控金木水土，连眼神也比寻常人要好呢。"

我一笑置之，问道："你怎么会在这儿？"

雁峰沉吟片刻，神色有些凝重，递给我一个粽子一样的包裹，外面用锦布包得紧紧的，丝毫看不出里面到底是什么，他说："这个你收着，如果有一日，你在人间拿到了三昧真火，就打开来看看……你要记住里面的经文，如果有人在你面前诵读这种经文，你要马上逃走，刻不容缓。"

我有点被他严肃而沉重的样子惊住了，怔怔地抓着手里的粽子，问："这里面是什么？还有，三昧真火又是什么？"

雁峰也不回答，只是看我的眼神多了几分深深的怜惜，转身离去，背对着我说："你只要按我说的做就好……夏初，我雁峰虽然胆小无用，但是，我永远都不会伤害你。"

三

大片连绵的花海，在风中摇曳如海浪，连绵起伏。我与小王爷分乘两骑，遥望着这一片在人间被称为“李花”的花田，神色都有些讶然。

原来人间，竟是这样美丽的一个地方。

是他先结束这一瞬间的惊叹，开口道：“刘家寨就在前面，我们在修罗宫商量好的计谋，你可记得清楚细节？”

“回小王爷，奴婢记得。”我下意识地回答，可是看一眼他未动的脸色，才意识到自己说错了，颤颤又道：“夏初知道了，月……月白。”

我们说好了的，在人间我不可以叫他小王爷，我要叫他的名字，泠月白。可是不知道为什么，这两个字一出口，我的脸却微微烫起来了。

泠月白却并没注意，只是丰神俊朗地扬鞭策马，同时也甩了我的马一鞭子，说：“走吧。今夜午时，刘府见。”

傍晚时分，街市上行人并不甚多，我独自一人站在一座朱门府第前面，耐心等着换班的门童吃完饭出来，这才摆好表情准备开始。

其中一个门童见我可疑，但是语气还算客气，走过来问道：“这位姑娘，你站在鄙府门口快半个时辰了，可有什么事吗？”

我心中暗喜，板着一张脸回过头去，长袖一挥，沉声道：“这宅子黑云压顶，快叫你们主人出来，洗洗这块牌匾上的黑气。”

那门童一愣，面色有些为难，压低声音说：“你是外地来的吧？这里可是刘家寨族长的宅子啊……想要装神弄鬼混打赏的话，我劝你改日再来吧。”

我一愣，随即板起脸来，长袖一挥，大门正上方的木制牌匾立时掉落下来，摔成两半，我道：“本姑娘好心前来，也是你刘府的造化，你倒当我是神棍?”说着，掌心向地，张开五指缓缓抬起手来，地上的尘土形成一个小型的漩涡，随着我的手掌缓缓腾起，远远看去就像一条咆哮的小兽。

那门童吓得惊住，一张脸煞白如纸，哆嗦着嘴唇指着我说：“你，你，你……你会妖法!”

我抬起手来，遥遥一指，掌下这个由土壤和灰尘所组成的漩涡飞速飘向大门口，先是细细穿过两扇门之间的缝隙，然后线条忽然加粗，咔一声将大门撞开。我瞥一眼那个门童，拂袖道：“你这奴才，我好言相劝你不信，偏要我动怒了才好吗？这宅子罩着一层黑气，不出三日必有霉运。你不信就算了，活该你跟着做池鱼!”

说着，我转身欲走，那人却忽然扑通一下跪在我面前，说：“小的有眼不识泰山，还请姑娘莫要怪罪！如今刘家寨大敌当前，姑娘您又天赋异禀，还请您助我刘家逃此大劫啊!”

我微微一愣，大敌当前是什么意思？这事情似乎在我与泠月白的预料之外。我低头看一眼这表情真挚的门童，一时也不知该如何回答。就在这时，我身后忽然响起一个略显疲惫的女声，道：“奴才无礼，还请姑娘不要介怀。过门就是客，有什么事请进来说吧。”

我回头，只见说话的女人约有三四十岁的样子，虽是布衣荆钗，眉宇间却有一股巾帼不让须眉的坚强之色，此刻容颜略显憔悴，却是目光炯炯。方才跪下求我的门童垂首起身，恭敬地叫了一声："刘夫人。"

我一愣，原来她就是刘夫人，当下也不言语，昂首跟她走进了刘府。

踏进大门才发现，刘府里的家丁都在面色凝重地忙碌着，园子各处也设了好些机关，似是在做防御外敌的准备。刘夫人将我引到一个宽敞的内厅里，礼貌地招呼我坐下，温和说道："姑娘你也看到了，刘府现在上下忙成一团，我也没有时间再与你客套……开门见山地说吧，姑娘此次前来，到底所为何事？"

我在人间到底经验不足，一时也分不清她是真的对我毫无戒心，还是对谁都这样礼遇，顿了顿，试探地说："贵府门楣上罩着一层黑气，像是要出大事的样子。"我压低了声音，"刘府阳气重，五行属火，可是此时却阴气更盛，莫不是祖传的三味真火出了什么不测？"

三味真火在刘家寨，这是天下人都知道的事。只是刘家财雄势大，又将它收藏在一个极其隐秘的地方，这么多年来才没有人轻易敢打它的主意。

其实这本是我与泠月白商量好的计划。先由我显露奇技进入刘府，再预警他们刘家寨的镇寨之宝三味真火会有危险，这样刘家的当家人就会去察看三味真火是否完好，我们也就可以顺藤摸瓜查出三味真火藏在哪里了。

哪知刘夫人却愣了愣，随即摇摇头，露出一个无所谓的神情，说："现在我也无心去管这些了。"她抬起头来，眼中有痛，"不瞒姑娘说，家夫奉命带兵抵御蛮夷，哪知全军覆没，边疆已经守不住了。再过几天，胡人就会打过来，到时必定血洗刘家寨。所以留不留得住三味真火，也没什么意义了。”

我忽然间愣住了。因为这个妇人眼中流露出的悲愤和不屈是我从未领略过的一种情感，她抬起头，眼中已经只剩坚强，道：“但纵使敌众我寡，我刘家寨也不会任人欺凌。自伤八百，灭敌一千，就是死，也要死得有尊严。”

我来自修罗界，对人类的情感不甚了解。家国与天下，于我，原本不过都是空洞的词汇，可是此时，我却真的有些被震撼了，她眼中流露出的保护家园的殷切之情让人肃然起敬。我不知道我为什么会有这样的反应，这难道就是世人常说的“感动”吗？

可我忽然又想起这次来的目的，忍不住问道：“那三味真火呢？若让胡人夺了去，岂不是对不起刘氏祖先？”

刘夫人看我的眼神深了一下，但是转瞬即逝，坦诚说道：“收藏三味真火的地方只有家夫一个人知道，所以我其实并不知道它在哪里，纵使是想保护它，也无能为力了。姑娘，你是外来人，没必要跟着刘家寨一起经受这场战争，休息一晚之后，明日早早离去吧。”说着，慈爱地望了我一眼，“如果小风也能长到你这么大，我定不会再让她受苦了。”

我一愣，心中莫名一暖，还未来得及再说什么，刘夫人已经起身走出了内堂。

既然刘夫人不知道收藏三味真火的地点，我再留在刘家寨也没什么意义了吧？我茫然地踏出房门，正思索着怎样才能联系上冷月白，却冷不防撞上一个小小的身影。我一愣，往下一瞧，正对上小女孩清秀的眉眼，大概只有七八岁的样子，一双大眼睛忽闪忽闪，愣愣地看了我一会儿，胖胖的小手拉起我的袖子，咧嘴一笑，说："姐姐你是谁？我怎么从来没有见过你？"

这小女孩的样子让我想起修罗界盛产的一种小白花，清新可爱，我忍不住捏一下她的小脸蛋，说："我叫夏初。你又是谁啊？院子到处是机关，很危险的，你怎么还在这乱跑？"

她的眼睛很明显地顿了一下，说："我叫小风。我在这个院子里长大的，我也想跟着一起保护这个院子，可是他们不让，他们让我回房里躲着。可是我才不要呢！"她抬起头声音清冽地说："我要跟妈妈一起保护刘家寨，一起向欺负爹爹的坏人报仇！"

原来她就是刘夫人的女儿小风，我怔怔地低头看她，只见她在说完那句话后霎时红了眼眶。在修罗界我哪里见过小孩子，急忙蹲下来手忙脚乱地哄她，说："喂……小风别哭啊，你不是还要替爸爸报仇吗？"

结果这句话不说还好，一说她哭得更是厉害。手忙脚乱中，我回头看见敞着大门的房间里放着一把琵琶，想起自己跟冷月白学过几日音律，就拿过来哄她，说："小风不哭了，姐姐给你弹琴好不好？"

此时已是黄昏，我坐在树下的石凳上，轻弄琴弦，琴音流泻，配合着鸟儿的啾啾声，音符仿佛奔腾的泉水，跳跃动人。小风竟真的不再哭了，只是仰起小脸有些崇拜地看着我。

一曲终结，小风拍着胖胖的小手跑过来，说："夏初姐姐，你的琵琶弹得真好听！小风从来没有听过这么好听的曲子呢！”我下意识地轻抚她的额头，她却忽然望向我身后，乐颠颠地跑过去，脆生生地说：“夕哥哥，你也来了！”

我回头，有一瞬间的恍惚。

一个白衣胜雪的男子正遥遥立于树下，潋滟笑容在银色长发的辉映下美不胜收，一双漆黑深眸在漫天黄昏的反衬下灿如星子，那极美的笑容里带着悲悯和凄艳，竟将漫天飞花都比了下去。

四

四目相对间，我在他眼底看到一种很深很深的东西，像是惊喜，也像是伤口。我呆呆地回望着他，只见他怔怔地上前两步，仿佛想要将我看得更清楚。然后他似乎有些失望，目光一点一点淡了下去，最后恢复成一片沉寂的黑色，他温和地对我说：“你叫夏初？”

我怔了一下，轻轻点点头。几乎是下意识的，我开口问他：“你是谁？”

他还未回答，小风已经替他说了，一边扯着他的手朝我走来，说：“他是夕哥哥。他的医术好厉害的，无论是谁生病了他都能治好！就连马厩里快死掉的萌萌他都给救活了！”

我暗想，原来他是刘府的医师……没想到这刘家寨卧虎藏龙，竟会有这么出色的医师。不知为何，想起他适才那一瞬间的眼神，我竟然会微微心痛，因为从来没有人用那样的眼神看过我。

“时候不早了，夏初先告辞了。”我朝他拱了拱手，又看一眼小风，转身刚要走，却被小女孩的双手抓住，她眼睛里带着清澈的哀求，说：“姐姐你可不可以不要走？留下来陪小风吧。”

我低下头看她，终是不忍心说出拒绝的话，颇为无奈地点了点头。

跟夕医师一起将小风哄睡着的时候，已经是午夜时分。一轮明月高悬，给宽敞的刘府罩上一层银辉。小风的磨人功力真是一流，我此时有些疲惫，推开门刚要走进客房，夕医师却忽然叫住我。

我回头，月光下他的目光有些深邃，他说：“夏初，你是为三昧真火而来吧？”

这实在是让我始料未及的一句对白，我一下愣住了。他的长发被夜风微微卷起，看起来飘然似仙，我顿了顿，说：“你到底是什么人？”

说着，我的手掌指向房间里的金香炉，心想他的回答稍有不妥，我立时就将那香炉化作万道金针射穿了他。到时谅他是在世华佗，恐怕也难逃此劫。

他静静地看着我，眼神中有悲悯，他说：“你快些离开这里。不然日后你会后悔。”

香炉的金壁已经在缓缓熔化，我看着他的眼睛，想起他方才看我的眼神，不知为何竟下不了手，顿了顿，说：“我不打算走了……我，我要留下来陪他们打完这场战争。我不放心小风。”修罗界里极少有温情，所以当我说到最后一句的时候，脸不由微微一红，原本防备地指向金香炉的手也垂了下去。

夕医师含笑看我，眼神中微有释然，却仍满是悲悯，声音一瞬间有些飘忽："这场战争对你来说不算什么。凭你的本事定能保全自己……我是说，你不要再寻三味真火，那会毁灭你的一生。"他抬起头来，"你真的跟夕颜很像。都喜欢弹琵琶，也都拿小孩子没办法。"他微微侧过头，眼中有悠远的柔情，"我第一眼看到你的时候……还以为是她回来了。"

我一愣，原来他是将我认作了旁人，不由有些失落，又有些羡慕他口中那个名叫夕颜的女子。一瞬间又想到泠月白，忍不住喃喃地脱口而出："倘若有一日泠月白也能用那样的眼神看我一眼，我就是死，也心甘情愿了。"

一阵风吹来，四散的花瓣飞得满天满眼。他眼中一瞬间充满了怜惜，他走过来轻抚我的长发，说："泠月白一旦得到三味真火，便不会再珍惜你……要是真喜欢他的话，就赶快带他离开这里吧。"

我心中一惊，他到底是谁？他为什么会知道小王爷的名字？

可是我还未来得及问出口，四周忽然喊杀声震天。原本在黑暗中的刘府亮起无数火把，只见身穿兽皮的胡人举着长枪冲进大门。没人料到他们居然行动这么快，连夜就来偷袭，刘府的家丁这才出来启动院子里的机关，可是大多还未来得及动作就被凶残的胡人砍断了手掌，看见血液他们兴奋地吆喝着："血洗刘家寨，血洗刘家寨！"

就在这时，只见一根羽箭极快极准地射入那胡人的眼睛，他号叫着倒了下去，只见刘夫人手握弓箭挡在主屋前，身后跟着一众家丁，冷然道："就凭你们胡狗蛮夷，也配在我刘府叫嚣？"说着，另一支剑又射倒了一个胡人。

胡人也被激怒，发狂一样冲上前去砍人。他们似乎有一种不怕死的精神，即使有的掉入陷阱，有的被竹排刺死，却还是毫不畏惧地冲上前来。修罗界近来与天界和平相处，我从来未曾亲身经历过战争，当下被这种场面所惊呆。就在这时，忽然有人将我揽入怀里，他身上有温暖的清香，夕医师挥剑隔开了一个胡人突如其来的横刀，伸手将我护在身后。

我这才醒过神来，无比接近地看着他的背影，心中骤然一暖。抬起左手指向树枝，木制的东西我操控得并不熟练，可是眼下也只好一试。只听砰的一声，数条树枝忽然凌空折断，箭一般朝领头的一排胡人飞去。夕医师回头看我一眼，眼神有些复杂，忽然回手刺向我身后，我一愣，原来一个胡人已经趁我不备逼到了身后。他环住我的腰将我抱到别处，不让血洒到我的衣服。同时，我手上的动作也没有停，可是院中的树枝片刻之后已经飞得差不多了，刘府的人也渐渐寡不敌众，只有刘夫人气焰不减，因有杀夫之仇，红着眼睛砍杀着胡人。

我忽然想起小风，刚想赶去她的房间，夕医师也与我想到了一处，已经拉着我退出战圈，往小风房间的方向跑去。这时，只听半空中传来一阵清冽的哭声，一个胡人狞笑着托着小风走出来，喊道："听说她是刘府的唯一血脉，本大爷今天就让你们欣赏一下她的死法！"

小风虽然害怕，却不肯求饶，拗着脖子喊道："你们就是杀爹爹的胡人，你们不得好死！"清脆的童声未落，那胡人已经一巴掌打过去，我心中一酸，上前一步，道："你放了她，一切好说。否则我夏初今日便让你死无全尸!”

那胡人轻佻地打量我,说:“哟,小妮子,这又不是你闺女?你急什么?”

我强忍着愤怒,瞥一眼他身后房间里的黄金香炉,扬唇一笑,一边走近一边柔声说道:“这位大哥,其实我也不是刘府的人,你对我这么凶做什么……”我的手一抬,半空中忽然金光一闪,金香炉已经熔成数百根金针朝他射去,我目光陡然凌厉起来,道:“看你还敢欺负小风!”那人笑容僵住,惨叫一声。

我只顾报复他,却忘了小风还在他手上,她很可能会被误伤到。是夕医师手疾眼快地接过小风,白影轻晃,悠然一笑,仿佛千军万马都不放在眼里,说:“小风你看,夏初姐姐帮你出气呢!”我笑着接过小风,将她宠溺地抱在怀里。

胡人见到我们这个样子,杀红了的眼睛里怒火更盛。身后忽然传来一声低吟,是刘夫人的声音,只见一个胡人一刀砍中了她的肩膀,嚣张地笑着……怔忡之间,小风已经挣开我的怀抱,箭一样朝刘夫人跑去……

就在这时,忽然从我身后冒出来一个胡人,举起胡刀直直劈向小风头顶……一道白影迅速在我身边闪过,可是夕医师离得太远,当他抱起小风的时候,她已经满头是血……

刘夫人撕心裂肺地喊了一声:“小风!”

我被惊呆了,只觉泪水如潮水一样不受控制地涌出了眼眶……小风闭上眼睛,小手还不甘地抓紧了夕医师的衣襟。我仿佛看到昨日那个鲜活的小女孩，她说："姐姐你不要走……"修罗界清幽冷寂，除了泠月白，从来没有人给过我一丝温情。是这个人间的七岁孩童，第一次让我体会到什么叫温情。

可是，她现在竟然就这样死在我面前，我却什么也没做，我救不了她……

一股巨大的悲伤从我胸口涌出来，我的头发猛地朝天飞起，一道黑色的图腾像藤蔓一样在我皮肤上滋长着，飞快缠绕起我的手臂，好像有某种封印在我身体内部的能量破冰而出……

原本清明的夜空霎时间乌云密布，电闪雷鸣，我缓缓抬起双手，被我指尖划过的胡人忽然像破碎的人偶一般碎成两截……我冷笑着乱挥着指尖，胡人的断手断脚飞得到处都是，满地热血，仿佛一条赤红色的河流……

在胡人们惊恐的表情和惨叫声中，一簇纯红色的火焰像是受到某种牵引从半空里飞来，在我头顶盘旋数圈，只听刘夫人抬头惊讶地喊了一声："三味真火！"

眼看那三味真火就要朝我天灵盖击落下来，就在这时，忽然有人自后打了我一下，已经失去理智的我双眼渐渐模糊，软软地往地上倒去。

五

琼楼玉宇的善见城，百花盛开，仙乐飘飘。

我醒了之后一直很虚弱，此时只能无力地倚在榻上，一个白衣胜雪的男子款款向我走来，眼神中有一如初见时的悲悯，我用一种不解又震惊的目光看着他，说："你就是帝释天？……你为什么要骗我？"

天界三十三天的主人，善见城城主帝释天，他为何要去人间，为何要那样温存地对我？在修罗界的时候，我曾无数次地听过他的名字。泠月白对他恨之入骨。再加上天界与修罗界的连年混战，又总是以修罗界的失败告终，所有阿修罗都对帝释天这个名字恨得咬牙切齿。

我从来没有想过我会在那样的情况下与他相识。想起小风，想起在刘家寨的那个夜晚，我的眼眶不由一酸，道："你不只骗了我，也骗了小风。"

他走过来坐在我身边，湖水一样的目光在触及我脸庞的时候微微疼痛起来，他说："夏初，我并不是想骗你。我去刘家寨是为了三昧真火，我以为泠月白也会来，没想到，来的却是你。"

我忽然想到小风死后发了狂一样的自己，想起那些胡人成河的血水，急忙看一眼自己的手腕，那种黑色藤蔓一样的花纹已经褪去，我疑惑地看一眼帝释天，说："你是帝释天，掌控万物，无所不知……那么你，是否也知道我的身份？"

我是谁？为何我体内会有那种可怕的力量，又为何生来就可操纵金木水土四种元素？我直直地望向帝释天，他却没有回答，我的声音里甚至有些哀求："求求你，告诉我。"

他犹豫片刻，许是受不住我乞求的目光，说道："天界与修罗界流传着一个宝物——雷火珠。有了它，就可操控被封印了的十二式神，纵横三界，独步天下。"

我忽然有种不好的预感，因为我听过泠月白与一个名叫玉陵歌的女子的故事。雷火珠借着她的身体而生，让她不得不背负背叛天界的命运。可是最后她死了，也带走了泠月白的心。我飞快接口道："难道雷火珠在我身上？"

帝释天的明眸闪过一丝悲悯，他看着我的眼睛，缓缓摇了摇头。我长吁一口气，他却忽然握住我的手腕，说："你并不是雷火珠的宿主。因为……你本身就是雷火珠幻化的女子。"

我一愣，难以置信地想要甩开他的手，僵硬地说道："怎么可能！我才不信！"心底却是一阵莫名的寒意，为何我天赋异禀，从小就异于常人？为何我能操控金木水土，却独独不能控火？为何……为何泠月白要将我留在身边，又为何要我来寻三味真火？我心中乱成一团，隐隐有种恐惧的感觉，就像明明知道那表面繁华的背后是深不见底的黑暗，却不敢回头，不敢去看一眼那残忍的真相。

帝释天扼住我的手腕，他的动作很轻，手也很暖，可是他的话却那么让我心痛，他说："如今你体内只有四种元素，只有在你体内加入三味真火之后才可以操控十二式神。这也是泠月白带你来刘家寨的原因。如果泠月白肯留你性命，那还算好，怕只怕……"

我眼眶一酸，泪水毫无知觉地流淌下来，我不住地摇着头，打断他说："我不信，我才不信……在人间的时候你还骗我说你是医师呢，你这人根本没有一句真话！"我无助地挣扎着，他却没有松开我，双手微一加力，已经将我整个人揽进怀里，他声音里似有一丝温暖与怜惜，他说："夏初，你冷静一点。相信我，我不会再让你受苦。"

他怀中有好闻的清香，可是我胸中却只是苦涩，无力地靠在他怀里，冷然说道："那你呢，你为什么带我回来？若不也是为了雷火珠，你又如何会对我这么好？"他的身体微微顿了一下，轻拈起我的下巴让我不得不直视他的眼睛，他说："前世人负我，今生我伤人。感情的事，总是没道理可讲。我爱过，也辜负过，如今，我只是不愿再伤任何女子的心。"

我的心一震，眼中还簌簌地流泪，心里乱成一团。

就在这时，忽有一个小童被横空扔了过来，砸倒了床边的玉石花瓶，只见一只通体黑色的魔鹤扑棱棱飞进来，长长的嘴尖上还沾着一点血迹。我认得这是泠月白的坐骑黑翎，下意识地站起身上前数步，正对上泠月白闪着寒气的眼睛。

他一挥手，黑翎已经乖巧地站到他身后，他看我一眼，用不容违逆的命令口吻说："夏初，过来。"

我心中一时转过无数念头，却无一个可理出头绪来，看着他只是流泪。泠月白目光微颤一下，随即冷然，道："怎么，到了天界，就不肯再听本宫的了？"

我咬着嘴唇摇头，刚想说什么，帝释天已经将我挡在身后，轻叹一声，说："泠月白，你带着魔鹤独闯善见城，就是为了让夏初难堪么？"

在我印象中，小王爷泠月白一向喜怒不形于色，如今却似有一股怒火在眸中闪动，说："夏初是我的侍婢，是生是死都是本宫的人，轮不到旁人多管闲事。"说着他看我一眼，"本宫不知道帝释天都跟你说了什么，但你该有自己的决断。如今只问你一句，走是不走，你若说个不字，本宫也不会再为难你。”

帝释天回头看看我，侧身站到我身边。此时所有人都在看我，看我究竟如何选择。我犹豫片刻，终是往泠月白身边踏了两步，顿了顿，说：“小王爷，我跟你走。”

我低着头，不敢去看帝释天的眼睛，可是却能清晰地感觉到他一瞬间黯淡下来的目光。我缓缓抬起头，一字一顿地说：“得之吾幸，不得吾命。夏初别无选择……非如此不可。”

帝释天回望着我，目光悲悯。只这一个眼神，我已经明白，帝释天是明白我的心意的。纵然我是雷火珠幻化的女子，纵使泠月白命我去取三味真火是另有图谋，我却也不肯相信，这么多年他会对我没有一丝情感。

我必须要回到他身边，才能知道在他心里我究竟有多重。我不肯相信一直以来他只是为了利用我。

这是一场赌博。

赌注，就是我自己。

六

暗罗宫坐落在鬼冢坡附近，是女皇的别院。我跟在泠月白身后，默默无声，黑翎歪头滴溜溜地看我，又看一眼泠月白，扑棱棱地飞走了。

我停下脚步，喃喃地说：“真的……有那么大的仇恨吗？”泠月白回头看我，神色颇为不解，似是不懂我为何忽然说出这句话来。我看一眼飞走的黑翎，道："天界有雪白的仙鹤，魔界便有纯黑的魔鹤，难道自从万物初生之时，就决定了天众与阿修罗之间的对立吗？"

泠月白沉吟着看我，一时也是不语。

我垂下头，说："小王爷带我来暗罗宫，怕是要带我去看暗黑十二式神吧？……那么，我是雷火珠化身，也是真的了？"

泠月白轻叹一声："夏初，在人间历练数日，你变聪明了。可是有些事，还是不要说出来的好。"

看着泠月白冷淡的眉眼，我忽然激动起来。我原本想等他慢慢显露出意图，慢慢跟我坦陈事情的真相，可是如今我却等不及了，我走过去抓住他的衣角，说："小王爷，你让我跟你走，夏初便天涯海角也跟着你。我只要你一句话，你留我在身边，是不是只是想利用我来操控十二式神？难道我与你相处七年，你就真的不在乎吗？"

泠月白微微一怔，刚要回答，忽然有人拽过我的手臂，我还没反应过来发生什么事，脸上已经挨了一耳光，火辣辣地疼着。我抬头，只见女皇泠水仙正板着脸孔看我，冷哼一声，道："听说帝释天对你不错。怎么现在还敢来缠着小王爷？"她目光里飞快闪过一丝嫉妒和阴狠，"没有人告诉过你吗，帝释天是修罗界的仇人，他对你好，便是你对修罗界不忠！"

我冷笑，一心想还她这一个耳光所带来的耻辱，扬唇刺道："呵，原来是因为这个。女皇陛下，你嫉妒我，是不是？你爱了帝释天许多年，可是他连看都不想看你一眼，是不是？"

泠水仙美丽的脸登时有些扭曲，此时已是怒极，狠狠看我一眼，却忽然笑了，说："帝释天为人和善，他一定不舍得告诉你全部的真相。"

我想起帝释天看我时悲悯的眼神，心中一跳。泠水仙冷笑着看我，说："你身体里只有金木水土四种元素，缺一门火。倘若把三昧真火加进去，自然就是完整的雷火珠化身，可以操控十二式神。"她顿了顿，慢悠悠地扬起唇角，说："可是，我们并不想留一个牙尖嘴利的人来操控暗黑十二式神。"

泠水仙秀眉一竖，挥了挥手，忽有两个侍从扑上来擒住我，将我押向大殿中的柱子。我不知道她的话究竟是什么意思，一边挣扎一边求助地望一眼泠月白，可是他却避开我的目光，面无表情地望向别处。

我的心一寒，道："泠水仙，你到底想怎样？"

"三昧真火只用一个时辰，固然可以补上你体内所缺的火门。可你是血肉之躯，也禁不住三昧真火的灼烧。"泠水仙悠悠坐到下人搬来的石椅上，说："只要再多加一个时辰，便可将你的肉身炼回雷火珠了。"

我一愣，双手已经被人用绳子缠住，牢牢绑在了石柱上。一个有些面熟的侍从捧着三昧真火来引燃我脚下的稻草，抬头看我一眼，面无表情。

竟是雁峰。

泠月白没有再看我，只是任我被人缚在石柱上，面无表情。我的心冷到了极处，却再没有眼泪留下来。雁峰一边在我脚下添着柴火，一边坐在地上，看我的眼神里也并无多少怜悯，他忽然开口，说："两个时辰很长，不如让小的给女皇陛下和小王爷讲个故事可好？”

泠水仙高高坐在石椅上，瞥他一眼，无所谓地点了点头。

“听闻人间有个皇帝，非常宠爱一个妃子。他为了让她开心，请来民间一个工匠，做了一个木头人给她赏玩。妃子见那木头人栩栩如生，忍不住笑了，那木头人便似活了一般，拉着妃子跳舞嬉戏。皇帝不悦，质问那工匠，说，这真的是木头人吗？为何会与寻常男子一般无二？”

我脚下的柴火噼啪作响，大殿里静寂无声。我茫然地看着雁峰，他却不曾看我，只是眼角隐隐藏着一抹凛冽的情绪。

泠月白似是有些被他的故事触动，若有所思地追问一句：“然后呢？”

雁峰把一块柴放入火里，说：“工匠见皇上起疑，怕惹怒了皇上，急忙将木头人拆解了以表清白。皇帝亲眼见到，原来那木头人身体里当真是空心的，根本不是血肉之躯。于是工匠就将散了的木头人扔进火里，不一会儿，就燃成了灰。”

泠水仙似是有些不耐，说：“这就讲完了？不过是个木头人的故事，有何特别？”说着站起身，就往内堂走去。

此时已经过了一个时辰，我被三昧真火烘烤得几乎已经受不住。雁峰看我一眼，忽然笑了，说：“这故事，我是讲给夏初姑娘听的啊。”说完，他忽然站起身，飞快解开我手上的绳索，拉着我往门外跑去。

泠水仙已经走进内堂，一时来不及追过来，泠月白坐在原地，一时也未有反应，两侧的幔帐里却涌出许多阿修罗卫兵，喊杀着向我们追来。雁峰奋力将我推出门外，自己却留在大殿之内，双手掩住殿门，深深看我一眼，说："夏初，你快走！"

我愣住，冷水仙向来残暴，雁峰可还有活路？他……为何要冒死救我？

我忽然回想起那日初见，他捧着箱子惶恐的模样……又想起在我动身去刘家寨之前，他背对着我说："你只要按我说的做就好……夏初，我雁峰虽然胆小无用，但是，我永远都不会伤害你。"

雁峰仿佛也想起初见时的情景，说："那日我替冷水仙送一箱金子给小王爷，其实当时我已知道，那箱子里有夹层，里面便是指使小王爷除掉你的密函……我本不忍，可是见你甘愿为小王爷而死，我想我即使说出真相你也不会信我……所以我将咒语偷出来给你，生死造化，就看你自己吧！如今你体内已经多了一门三味真火，便可随你意志操控十二式神了……夏初，你快走，答应我，好好活下去！"说着，他双手一合，便要关上殿门。

我的泪水喷涌而出，伸手一挡，眼中是深深的不舍与心酸，颤颤地问道："雁峰……为什么？为什么你要这样对我？"

你我不过见过几次，我有什么值得你为我而死？

雁峰凄然一笑，痴痴地看我一眼，说："还记得刚才那个故事么？木头人见了美貌的女子尚且会动凡心，何况是我雁峰呢。"

大门飞速在我眼前闭合，可是他的声音还在我耳边环绕不散。我胸中一痛，跌倒在地上，泪流满面。

七

吸收了三味真火之后，我的身体有些不适，时常冒着冷汗昏迷过去，模糊而悠远的梦境中，我看见琼楼玉宇的善见城，百花盛开，仙乐飘飘。冰玉皇座上那个白衣胜雪的男子，潋滟笑容在银色长发的辉映下美不胜收，他的声音温和，他说："夏初，前世人负我，今生我伤人。感情的事，总是没道理可讲。我爱过，也辜负过，如今，我只是不愿再伤任何女子的心。"

每当这时，我都会流着泪醒来，我瑟瑟地抱着颤抖的自己，回想着那日帝释天温暖而又清香的怀抱。他对我，也许只是怜惜，未必就有多深刻的爱。可他毕竟是这世上第一个给我温暖的人，我总是想起他悲悯而又宁和的眼眸。跟他在一起的女子，一定会很幸福吧？纵使没有轰轰烈烈的爱，也会被他捧在手心里，温暖一生。

可是我，还有这个资格吗？

然后我又想起泠月白。他那日冷漠的脸庞，就如冰针一样刺入我心里。原来七年以来，他真的不曾为我动心。

几回魂梦与君同？犹恐相逢是梦中。还记得一起前往人间的时候，我曾与泠月白一起路过一个私塾。当里面传出这句话的时候，泠月白的身影微微顿住，似是触动了久远的回忆。可是同一时刻，他看不到我眼底的伤。他总是不知道，当他因为无法再见到自己心爱的人而伤心难过的时候，我也站在他身后，默默体味着同样的诗句。

帝释天率兵攻打暗罗宫的时候，我正躲在暗罗宫地院内的假山里，无数次地背诵着雁峰交给我的经文。最危险的地方就是最安全的地方，整个修罗界都在泠水仙掌控之下，城外驻扎了无数凶残成性的阿修罗，纵使我想跑，又能跑到哪里去呢？

二百年一次的圣战，已经随着雷火珠的出现，浮出水面。即使两方都没有得到我，却也不会放弃这场战争。修罗界韬光养晦数百年，等的就是今日与天界一决雌雄，纵使失去了我这个原本已经到手了的雷火珠，他们也不会放弃杀戮。我躲在树丛里，只见天空中有无数魔鹤在黑翎的带领下与天界的仙鹤缠斗在一起。许多骑着白马的白衣弓箭手正仰天射箭，白色的羽箭如雨点一样射到阿修罗的身上、手上，甚至是眼眶中。血流满地，惨叫与呼号声也不绝于耳。

原来无论是人间还是天界的战争，都是这样惨烈。人群之中，我看见白衣胜雪的帝释天，他遥遥立于一座雪白的独角兽上，身侧顺次站着青面獠牙的夜叉，蟒身人头的摩呼罗迦，美貌执琴的乾达婆，他们应该就是传说中的天龙八部。他说："泠月白，把夏初交出来。你我的恩怨里，不该再多牵连无辜。"

泠月白纵身一跃，已经被黑翎驮在背上，一双紫眸恨意如海，道："我不能得到雷火珠杀你报仇，你躲远点也就是了，这回又要抢走我身边的女人吗？"

我胸中一震，各种滋味交织在一起，苦涩难言，却不知是为谁。转身趁乱跑入暗罗宫，按照雁峰给我的指示走入一个密道。借着隔壁传来的微薄的磷火火光，隐约可见这是一个宽敞的石室，两侧有十二个形态各异的龙形石像矗立在那里，表情狰狞，即使只是冰冷石像，仍然让人望而生畏。我深吸一口气，慢慢念诵着雁峰交给我的咒语。

如果一切是由雷火珠而起，便也由此让它结束。

当我带着黑暗十二式神凌空而降的时候，战事已经惨烈非常，到处是阿修罗与天众的尸体。我身后的十二只形态各异的巨大怪龙尖声嘶吼着，仿佛摇撼了天地。十二式神齐出，这是千年未见的情景，一时之间，在场所有人都怔住了，我站在其中一只式神的肩膀上，缓缓走向战场阵中，正打得难解难分的阿修罗与天众无声地各自后退，给我让出一条布满了鲜血的路来。

我看一眼泠月白，又看一眼帝释天，忽然间扣动手指，喝了一声，"落!"连同我脚下的十二只式神齐齐嘶吼一声，猛地抬起龙爪往地上踏去。一时间，地动山摇，它们奋力撕开了我脚下的土地，扯出一条越来越深的沟壑来。

帝释天上前一步，我却已随着脚下的式神陷入地中数寸，我仰望着他，一如初见时的样子，也一如无数仰慕过他的少女，我说："天界与修罗界征战不断，今日夏初就将两界彻底隔开，让你们再也无法征战，再也无法伤害无辜的人……"帝释天一愣，随即俯下身来伸手拉我，说："夏初，你先上来！你忘了我的话吗？我说过，我不会再让你受苦!"

我摇着头，脚下的式神又往地里深陷了几寸，说："我必须一直与暗黑十二式神站在一起，他们才能听从命令将这条缝隙挖成深渊！……让我为你们做点什么吧，小风的死我救不了，雁峰也是为我所累。或许在这世上，只有你可以给我美丽的人生，可是我却放不下泠月白……就如你喜欢夕颜一样，我心里最喜欢的人，也始终是他啊……”

我别过头，一串泪水应声而下，说：“所以夏初，非如此不可。”

泠月白也于这时走上前来，我看他一眼，哀哀地说：“月白，我喜欢你。我喜欢你整整七年，纵使你留我在身边只是为了利用我，纵使你我之间只有背叛与猜疑……夏初，始终爱你如初。”

这片土地深层原来竟是悬空的，我脚下的式神忽然一沉，巨爪也因为大力摩擦石壁而燃起一簇橘色火焰。我的身体飞速下坠，我知道自己就要跌入万丈深渊，我甚至来不及再跟他说一声珍重……

一片模糊的光火与烟尘里，我看见泠月白低下头来看我的眼神。

我愣住，流着泪展颜一笑。

我想，我终于永世平息了天界与修罗界的对立，也终于可以无怨无悔地死去。

尾　声

不断地下坠……

我想起那日在人间与帝释天的初见，他将我认作是旁人，目光里有一瞬间的恍惚。我沉醉在他的目光里，忍不住喃喃地脱口而出，说：“倘若有一日泠月白也能用那样的眼神看我一眼，我就是死，也心甘情愿了。”

七年以来，泠月白第一次那样看我，却是在我将死的时候。

……这到底是命运的恩赐，还是另一次捉弄呢？

此时四周已经黑暗无光。我不知道这道地缝到底有多深，亦不知道自己何时才会坠入死亡。我只是无端地想起，仙境之巅善见城里，曾有一个温柔英俊的男子轻轻地抱我，他说："前世人负我，今生我伤人。感情的事，总是没道理可讲。我爱过，也辜负过，如今，我只是不愿再伤任何女子的心。"

那么……

如果来生可以再相遇的话……

就让我做一回你的夏初吧。

蝶恋花之龙女劫

都说旧爱如伤。

也是因为真的爱过，所以才成了心尖上的伤口，经年累月地摆在那里，如何能忘？

所以，当他再一次在你面前出现的时候，即使旧伤口鲜血淋漓，又怎能不上前紧紧抓住他的手。怕他像上次一样，在自己的世界里凭空消失掉……带走了所有光明与信仰。

一　遥夜亭皋闲信步。才过清明，渐觉伤春暮

父王在晚宴上无意中抱怨："江南的凡人真是不知死活，竟要修什么大运河，坏了我西海龙宫的风水。待到整条大运河修成，莲湖和西海就会被那一脉水域连在一起，到时莲湖水君那个老匹夫，又该唠唠叨叨地跑过来提亲了。"

这么不经意的一句话，却听得我眼睛一亮。然而这亮光却不巧被他老人家瞧见了，父王瞥了我一眼，说："要提亲，也是冲着你姐姐素宛公主，你激动什么？"

我打个哈哈："是啊，外人只道素宛姐姐是西海龙宫的独女，根本不知您还有我这个二女儿，如何能来提我的亲？"虽然我的原意只是跟老头磨磨牙，然而说到此处，却有些心酸，"这一百七十年来，您将我藏得这样好，也真不是件易事。"

老头素来没什么长辈架子，是一位平易近人的龙王，此刻却深深地看了我一眼，显是勾起了惆怅："哎，都怪我前世修行不够，将你命格生得这样苦。"

我是西海龙宫二公主素惜。据说一百七十年前我出生那一天，九重天上飞下来九只赤羽凤凰，盘旋着鸣了一个时辰，这本是大吉之兆。可坏就坏在，就在这九只赤羽凤凰要往回飞的时候，忽然被天上凭空而来的一道惊雷给劈死了。

血染的羽毛纷飞而落，覆盖得西海龙宫一片深红，父王大惊失色。因为在他一万多年的阅历里，只曾听过死了八百多年的冥界鬼君出生时，有与我一样的凶兆。可以想象得到，当时他抱着皱皱巴巴的我，心里该是多么纠结。据说他甚至想一掌劈死我，好将一个潜在祸害扼杀在襁褓中，也叫我今生少受些苦。

因为那冥界鬼君的确是惹得生灵涂炭，最后也未得善终。不过母后很快便将父王劝服了，她说司命神女与她有过命交情，曾经托她偷偷翻了我的仙籍簿子，据说我在成年的时候会应个大劫，如果挺得过去，浴火重生，此后便是做一品上神的命。

老头听了，略感安慰，遂与母后商量，将我偷偷摸摸养在西海龙宫，不与外人知。等大劫过后，再将西海二公主的存在昭告天下，一来到时好许配给个上神，二来也免得在应劫前横生枝节。

就在我们一大一小两只白龙回首往昔，无限唏嘘的时候，有蚌精侍卫前来通报："启禀大王，南海龙王三太子求见。"顿了顿，又补充道，"……他带了彩礼来，貌似是来提亲的。"

老头掐着眉毛想了想，说："南海龙王三太子，可是那个前几日刚升了仙品的元夜神君？嗯嗯，快请他进来。"

元夜……

元夜！

我腾地一下从贝壳椅上站起来，慌张地动了动，袖子碰翻了夜光杯中的上好美酒，飞溅三尺，一时间十分狼狈。

老头斜我一眼："你又激动个什么劲？肯定不是来找你的。"

我一身水淋淋地滴着美酒，听着那熟悉的脚步声越来越近，顾不上回答，便一闪身躲到了珊瑚屏风后头，呼吸兀自起伏不定。

然后我听到了他的声音。

我听见他跟爹爹说："晚辈此番前来，备了厚礼，是要来提亲的。"

他的声音还是那么动听，他说："素宛公主天人天貌，晚辈仰慕已久。若是能娶得她为妻，今生今世定是会对她好的。"

珊瑚屏风后，衣襟上的酒水滴滴落在地上，就像殷红的眼泪。一如一百年前。

可是今时今日，再听到这个声音，我已不会再流泪。可还是忍不住，偷偷探出头去，像从前一样，窥探着他。

依旧白衣如雪，依旧眉眼清秀，真真面如冠玉，一表人才。父女俩的审美大抵总是很相近的，老头笑眯眯地看着他，显然十分满意，点点头便算应了这门亲事。

我无声地从后门溜出去，随手抓个蟹将便问："大运河的入口处在哪儿？"

蟹将自是不敢说。

然则我在这方面是个老手，总有办法让他说的。

一百七十年来，我被关在这一方富丽堂皇的龙宫里，十分向往外面的世界，统共跑出去十次，平均十七年一次，已是驾轻就熟。每次都是父王派人把我抓回来，或是母后动用她那丰富的人脉将我骗回来。

唯有一次，是我自己回来的。

便是我遇见元夜那次。

二　数点雨声风约住，朦胧澹月云来去

都说旧爱如伤。

也是因为真的爱过，所以才成了心尖上的伤口，经年累月地摆在那里，如何能忘？

所以，当他再一次在你面前出现的时候，即使旧伤口鲜血淋漓，又怎能不上前紧紧抓住他的手，怕他像上次一样，在自己的世界里凭空消失掉……带走了所有光明与信仰。

所以，不得不说，再次见到元夜，其实我很想握住他的手，再抱一抱他。可是身为女子的自尊不允许我那么做。

此时已是深夜，整个龙宫的人都睡下了，我偷偷溜到那条人间运河的入口处，刚想往里走，耳边忽然有个熟悉的声音响了起来，那么动听，忽远忽近。

他说："惜惜，你还记得我吗？"

一瞬间，我疑心是梦。

因为多少次在梦里，我梦见他跟我说话，他拈着扇子对我笑，我梦见他叫我惜惜，他说你回来吧，我不会再赶你走了。

可那终究是个梦魇，也是我一百七十年人生中最大的一处败笔。

我回过头，冷冷看着眼前这个人。

他也冷冷将我看着，只是那双淡蓝色的眸子里，最深处却好像有一簇火焰在烧，灼热又压抑。

我退后一步，强自装出很礼貌的样子："好久不见，元夜神君。"

他此时手上已不再拈着一把花花公子似的扇子，看样子沉稳了不少，可依然是那么自说自话，他说："你认识我的时候，我还不是神君。所以，你叫我元夜就好。"

我站在原地，怔了怔，转身就走。

我说过元夜这个名字是我人生中的一处败笔，我恨不得再也不要将它提起。可是这个名字的主人竟又一次出现在我面前，大言不惭地将往事提起。

他的法术精进不少，身形一转就拦在了我面前，一脸真诚地说："惜惜，何必走得这样快，故人相逢，理应叙叙旧的。"

我知道我打不过他。否则，我一定要将这张欠扁的脸打得一脸是血。我咬着牙道："元夜，你不要太过分。"

他仍是一副云淡风轻的样子，仿佛我们之间什么都未曾发生过，他说："我此番前来，是来向你主子素宛公主提亲的。你若愿意，说不定可以一起嫁过来，当个通房丫头。"

我实在是忍不住，挥手给了他一耳光。

元夜竟然没有闪躲。他漂亮的唇角被我打出血来，却还噙着一丝笑，他的神情有些迷惘，其间竟似有一丝疼惜，怔怔地朝我伸出手来……

我以为他要打我，转身往相反方向跑去，却正撞上了那运河的入口处，被一股力量凭空弹回来——不偏不倚地，撞到了元夜怀里。

他揽着我，大手如愿以偿地抚上我的脸颊，说："那里有西海龙王亲自设下的结界，你这种末流小仙，怎么闯得过去？"他说，"惜惜，这许多年过去了，你的性子还是这么烈。"

我心头一酸，挣出他的怀抱，奋力往那结界冲去。他想拦我，却已经来不及了，一片耀眼金光闪烁起来，我咬着牙回头道："就算我还是当年那个末流小仙，也再不是任你摆布的惜惜了，我能闯过这结界，我就能忘记你。元夜……我再也不想看见你！"

说罢，我已经被结界那端的水流卷了出去，像一叶浮萍般渐渐漂远，再也没有力气跟他逞强了。

老头亲自设下的结界，果然不是白给的。我耗费了太多灵力，估计有三五个月不能再使仙术了。可我就是要让元夜知道，我与一百年前那个傻女孩已经不同了。

我一辈子也忘不了，他曾经如何深深地，伤害了我。

冲破结界后，湍急的水流托着我，转来转去不知道漂到了哪里。我睡醒一觉，昏昏沉沉地睁开眼睛，发现自己正身在一只简陋的小船上。一个白皙俊俏的少年郎凑过来，不无谄媚地说："姑娘，您醒啦？"

我坐起身，发现这阳光很是刺眼，想来是到了凡间。略一感叹，便用手遮了。这时只听吱呀一声，头上笼过来一方黑影，是那少年郎撑开了一把油纸伞，嘻嘻一笑，说："姑娘千金之躯，怕晒是应该的。"

这时我便有些警觉了。因为我记得人间有一句话是这样说的——无事献殷勤，非奸即盗。

我上下扫了他一眼，说："这位小哥，你想干什么？"

他笑得愈加俊俏："姑娘快人快语，在下十分欣赏。我方才行船时，看见水上好像漂着一只水獭……近了一看，原来是姑娘你。"

我皱了皱眉，心想这凡人也忒大胆了些，竟敢将如花似玉的我，看作了一只水獭。

他浑然不觉，继续说道："在下将姑娘救起来，原是举手之劳。大恩不言谢嘛，其实也没想过要什么报答。"

我皱眉皱得更狠了些。断定这人在凡间肯定不是秀才、举人之类的读书人，说话颠三倒四，忒没文化。

"可是我见姑娘衣着华贵，气质清华，想来定是出身不俗，不知是哪家老爷的掌上明珠。在下便斗胆想请姑娘帮个小忙。"说罢他拱手作了个揖，一缕阳光落在他发丝，映得一张小脸甚是清俊，隐约竟有几分元夜的神韵。他说："我什么都做过，就是没做过官，可是听说这需要有人引荐，于是……"

我也曾来过凡间几次，四下看看，认得这是烟花三月的杭州，便道："你的意思我明白了，其实这也没什么难办。三日之后，你随我去河堤南边的员外府，叫人给你安排个好差事便是了。"

俊俏小生欢天喜地，待我更殷勤了些。我随手掏出几粒珍珠，带他去镇上的酒肆喝酒。一来在水里泡久了，想去去寒；二来想起了往事，想浇浇愁。

几日不见，他已由那个纨绔子弟，变成了元夜神君。

想当初我偷偷溜出家门，跑到百花仙子那里偷百花酿喝，半醉半醒间，就在紫竹林里遇见了他。那时他穿得衣冠楚楚，远远看去一派仙姿，不知是何来头。我只道偷酒喝不能给人看到，就往旁边的紫竹后头藏去，哪知因为喝得有点多，跌跌撞撞竟一头栽在了地上。

他走过来扶我，一双大手将我从地上扯起来——也自此开始了那一段孽缘。

那时元夜是仙界有名的花花公子，整日拉帮结伙地吟诗作对逛园子，身边莺莺燕燕大多是送上门的。可是自那以后，他却膏药似的缠上了我。

他说，他对我是一见钟情的。

这小酒肆临着西湖，此时已是傍晚，天边一缕云霞像被火烧红的一样，分外好看。我酒量不行，偏又很好这杯中之物，爽朗说道："喂，咱再来一坛子女儿红，怎么样？"

对面的俊俏小生大抵是因为我请客的缘故，也喝了不少，懵懵懂懂地看着我，说："哎？你好像还不知道我的名字吧。"

其实我对此并不十分感兴趣，随口道："哦，那请问你高姓大名？"

他有一个十分女气的名字，他说："我叫莲塘。"

倒让我想起莲湖水君的那位独子。那位水君曾经几次三番来西海跟老头向我姐姐素宛提亲，老头嫌弃那莲湖地界小，不如西海地位高，水君又不如龙王官大，看都未看就给推了。不过眼前这位莲塘兄，显然只是一介凡人，喝得小脸通红，反问我："姑娘，你呢？"

"我什么我？"此刻我真有些喝多了，"我的名字？哈哈，那真是不足挂齿。他叫我惜惜，可是他从来不懂得珍惜。"

我把酒杯举到莲塘面前："你爱过吗？你恨过吗？你知道被你最爱的人伤害的滋味吗？"我仰头，将那一杯酒水倒进嘴里，喉头一阵发紧，我说："人间的文人骚客，都看错了爱情！什么衣衫渐宽终不悔，为伊消得人憔悴，什么蓦然回首，那人却在灯火阑珊处，都是骗人，骗人的！如何才能不悔？你告诉我，告诉我啊！"我上前去拽他的领子，奋力摇晃着，摇晃得自己的眼泪簌簌掉下来。

这时，那个声音又传进我的耳朵里，似是有几分深情和悲痛，他说："惜惜，你别这样。"

我猛地回过头去，那人长身玉立地站在那里，正是灯火阑珊之处。

元夜神君。

我的眼泪又流出来。

你既然已不爱我，为何还如此地阴魂不散？

三　桃李依依香暗度。谁在秋千，笑里轻轻语

那次我是偷跑出来的，因为跟百花仙子有些交情，便暂住在她府

上。然而她也并不知道我的真实身份，只道我是西海龙宫的一条小蛟精，见我生得伶俐，说话风趣，便做了个忘年交。彼时她已经五千多岁，算是到了看淡男女情爱的岁数。

元夜日日来找我。

时而写个情诗，抑或是在凡间搜罗的浪词，站在百花府门口大声诵读。最初我并不接受他，虽然他长得很好看，笑起来的样子也很诱人，可是被父王和母后藏了这么多年，我总觉得我的身份不怎么适合恋爱。

元夜不肯罢休，时常半夜翻墙进来，把百花花园里的奇花异草掐下来送给我，再拿出新创的情诗读给我听 。这种火辣辣的追求让“年过半万”的百花仙子都看得脸红，且那些花花草草也很让她心疼，终有一日，她说：“明日我出去办事，怕你自己在府里害怕，我便把元夜那小子约来了。”我一愣，刚想抗议，百花又说：“你俩好好说清楚，把问题解决了，莫要再……拖泥带水了。”

我猜想她心里的原话大抵是：“莫要再连累我园子里的花草了。”碍于我的面子，才没说出来，于是把心一横，心想今晚就跟元夜来个了断。

元夜来的时候，百花园里的萤火虫漫天飞舞，十分好看。

我认得他的脚步声，背对着便说：“元夜，我虽然长得还算可以，可是这偌大个仙界，比我好看的女仙比比皆是，你我不过萍水相逢，何必如此执着？”备好了一大篇说辞，说起来的时候还是不免有些忘词，我顿了顿，又说，“人间有句话是这样说的，天涯何处无芳草……”

我正说在兴头上，这时忽有一双大手自后将我抱住，他的声音那么近那么近地响在耳边，他说：“惜惜，你知道吗，男人一生都在寻找一个能让自己心动的女人，一旦找到了，就不会再放手。”

他抱得我更紧了些：“你为何就不肯相信，我元夜，是真的喜欢你。”

那晚的月色很亮，也很迷人，想是嫦娥姐姐太久没有看到这种年轻人风花雪月的场面，与玉兔一起围观了好一会儿。

我抬手覆在他胳膊上，想从他怀里走出来，可是竟柔弱无力。不得不承认，在遇见这个男人的三百三十天之后，我终于，对他动心了。

西子湖畔的小酒肆里，我扯着莲塘的领子，回首处站着元夜。

元夜走过来拉我的手，他说：“惜惜，你看你现在这个样子。你究竟有多恨我？”他将我的手攥在掌中，“你可以再多恨我一点。左右你我之间，缘分尽了，不会再有将来。”

我虽然醉着，可这话里的意思却听得比谁都懂，一阵冷意遍布全身，我猛地把手从他掌中抽出来，挥手想打，却僵在了半空。

是那新相识的小无赖莲塘，在身后扯住了我的手腕，沉声道：“惜惜，你没必要理他。”他扶住我后退一步，“花容月貌的一个女子，在这种地方与他闹，太难看了。”

我全身软绵绵的，所有重量都承在了莲塘身上，双臂一合，就抱紧了他，断断续续说道：“带我离开这里。我再也，再也不想看到这个人。”

这种愤怒，发自内心。深深悔过曾经的自己爱错了人，更可悲的是，事到如今竟然还是无法对他忘情。

他三番几次来撩拨我，大概就是想要这种一个女人为他半死不活的成就感。

朦朦胧胧之间，我看见莲塘用他那纤细的小身板，把我像麻袋一样扛在肩上，转身就走。我咬着牙看着元夜，说：“我若是再不能忘记你，就把这心挖出来喂狗。”

一瞬间，他的眼神那么痛。痛得好像有汩汩的鲜血，无声地倒流进他心里。

那时在百花仙子府上叨扰数日，着实与元夜过了一段如胶似漆的日子。

然后他就提出，要带我回南海龙宫见他父母。我有些紧张，也有些欣喜，心想这南海与西海实力差不多，也确是门当户对。待我回去跟父王和母后好好求情，也未尝不是一段很有前途的姻缘。

于是便喜滋滋地随他回去。大抵是最近太过春风得意了些，从百花府到南海龙宫这短短十几万里的路上，竟让我们碰上了一桩抢劫案。

那个晚上月黑风高，我俩正你侬我侬地驾着云彩赶路，忽然一阵黑风掠过，撞得我俩差点从云彩上翻下去，这时只见一位神女紧追其后，朝我们大喊：“拦住他，那妖怪偷了天宫的仙籍簿子！”

我从小养在深闺，除了元夜一个外人都不认识，更不知这位神女是谁，刚想作看热闹状往旁边一站，就看见元夜一溜烟驾着云彩追了出去，半空里翻了几个筋斗，煞是好看。

到底是年轻，体力好，追出十万八千里左右，他终于摁住了那个飞贼。我和那个神女在后头追得甚是疲惫，等我们赶到的时候，元夜已经捧着仙籍簿子原地坐了好一会儿。看见我们，怔了怔，走上来将那簿子双手奉上，说：“司命神女您受惊了，晚辈已将那小贼用捆妖锁绑了，交给您发落吧。”

原来她就是大名鼎鼎的司命神女，据说可是跟我娘亲有过命交情的。我刚想上前拜一拜，又怕被元夜知道我的真实身份，正在犹豫不前之时，司命神女看看我，又看看他，说：“如果我没记错的话，你该是南海龙王三太子，元夜殿下？今日你帮忙擒贼这一功，本神自会帮你在天帝的赏罚簿上记下的。”然后她又看看我，把目光移回元夜脸上的时候多了几分凝重，“这仙籍簿子蕴含天机，除了历届司命，连天帝都是看不得的。”

元夜神色未变，看起来十分坦然。

司命神女又说：“若真是赶巧看了，也万万不要想去扭转，逆天改命，是很折仙寿的。”

元夜恭顺道：“谨遵神女教诲。”

司命神女看起来还想再规劝他两句，可终究没有再说什么，临走前看了我两眼，轻叹一声去了。

剩下那一半路上，元夜还是待我很好。

后来无数次回想起来，我觉得那段时光，是他对我最好的时候。他怕我累，不让我独自驾祥云，跟他挤在一块云彩上面，却是说不出的惬意与畅快。

他对我说：“惜惜，我真希望永远跟你待在这片云彩上头，不去理会宿命，不去理会时间，就这样紧紧地抱着你。”

我把头靠在他肩膀上，此刻也很动情，我说：“元夜，你待我这样好，日后离了你，我要怎么活？”

元夜身子一颤，良久竟是无言。我歪着脑袋，忽然想起什么，笑着问他："据说那仙籍簿子上，有天界中每一个大仙小仙的画像，你偷瞄了几眼没有？"

元夜又默了默，说："方才司命神女不是说了吗，那东西是看不得的。其实我很想看看，我未来的妻子会是哪一位幸运的女仙。"

当时我以为他是在说我，笑得一双眼睛好似月牙，傻得见底。

到了南海龙宫，元夜变得不爱说话了些，整日都似在思量着什么。

这也许就是一个男人抛弃一个女人的前兆。

那些往事，就像一个冗长的梦境，恍惚里又经历了一遍。

再醒来的时候，是在西湖附近的一个客栈里。莲塘撑着下巴看我，说："素惜，你醒了？"

我迷迷糊糊地"唔"了一声。隔了一会儿，诧异道："你怎知我全名叫作素惜？"

莲塘也不答，只是目光有些哀伤："你做梦的时候，把自己的家底啊、情史啊，讲了个遍。如今我仗着这些，去天桥底下说书也能糊口。"

我无力跟他贫嘴，只说："你这小无赖，话可真多。"

他站起身，忽然逼近了我的眼睛："素惜，你当时究竟有多爱元夜，才能连做梦都在念叨着他。"

莲塘只是一介凡人，那日能与我相遇，又一起经历这许多波折，想来也是有缘。有些心里话，憋着也十分难受，于是便对他说了："那时同元夜在一起，我好像忽然能够理解，书里说的那种，恨不能一瞬间白头的感觉。总会莫名其妙地忐忑不安。"

莲塘听得十分认真。我轻声说着，却再无泪水落下来："喜欢一个人，委实是一件很辛苦的事情。总是会不安，会担心。怕一辈子太长，情海生变，又怕一辈子太短，来不及细细品尝。"

莲塘的表情忽然变得难以形容。他用那样的眼神看我，他说："素惜，我想全天下的男人，其实都很嫉妒元夜的。"

我怔怔地望了他一会儿，说："哦，对了，答应你的事情还没办呢。走吧，咱这就去员外府。"

四　一片芳心千万绪，人间没个安排处

因为昨夜喝多了，又有些忧伤过度，我走得十分缓慢。莲塘也不催我，看来那一颗想当官的心也并不那么急切。

路上他小心翼翼地问我："后来，元夜到底为何，抛弃了你？"

曾经的百折千回，曾经的心碎成灰，如今说起终于已是云淡风轻，我说："他嫌弃我出身低微，配不上他纨绔子弟的身份。"

记得那时，我先是很生气地哭着，哭了几天，后来也不气了，态度软了下来，只求他让我留在他身边。

元夜执意要将我赶出南海龙宫。有那么一瞬间，我想跟他说出我的真实身份，我名叫素惜，是西海龙王的二女儿，我配得上你，配得上你啊……

可是他连坦白的机会都没给我，他将我推出门去，他说要勤奋修炼，早日飞升做神君，不要我在这里碍眼。

于是那一夜，我便带着一腔伤心，一边哭一边回了西海。

员外府快到了。我推一下莲塘的脑门，说："好了，小无赖，姐姐我这就想办法让你做官，然后我们就不拖不欠，就此别过了。"

其实我想得很简单，只道用幻术迷晕那老员外，让他给莲塘个官做，一切便了结了。于是先叫莲塘藏起来，循着后花园那条小路，迎面朝那老爷走去。

眼见四下无人，便"啪"一声给他一下子。哪知那老员外不但没中幻术，甚至连晕也没晕，愣了一下就扯着嗓子喊道："快来人啊！给我把她拿下！"

我手忙脚乱地愣在原地，这时只见莲塘从角落里冲出来，拉着我的手就跑。

他越跑越快，最后竟仿佛腾起了风。我法力尽失，只得任他拉着，这才恍然知道，原来莲塘也不是凡人。

他带我到一处幽暗的洞穴。四周挂满了刺一样的钟乳石，莲塘坐在一处石阶上，表情变得陌生而深沉："素惜，其实你真是一条很可爱的小白龙。"

我一愣。莲塘又说："我听过人间有个亡国后主写的一首词，名字叫作《蝶恋花》。"他看着我轻声唱着，"遥夜亭皋闲信步。才过清明，渐觉伤春暮。数点雨声风约住，朦胧澹月云来去。桃李依依香暗度。谁在秋千，笑里轻轻语。一片芳心千万绪，人间没个安排处。"

他身上有一种很强的鬼气，我学艺不精，竟然这才感觉到，正在诧异间，只听他又说："认识你之后，我才稍微有点明白这'蝶恋花'的意思。”

这时身后忽然又响起了元夜的声音，他说：“莲塘鬼君，你若敢碰惜惜一下，我元夜，定要跟你拼个鱼死网破！”

什么？莲塘竟然就是，冥界刚刚转世投胎的新任鬼君？

元夜奔过来拉我，他说：“惜惜，快点跟我走。”我懵懵懂懂地被他拉着，好像听见他说，“上一届的冥界鬼君，托生成莲湖水君的二儿子莲塘，这事司命神女也是刚刚才知道……”

这时只见一道黑色闪电，直直劈向元夜握着我的那只手，莲塘双目沉沉地望着我们，说：“元夜神君，须知你只是区区一个神君，如何斗得过我？”

他掌心的黑色闪电疾速涨大，如一团黑色火焰，灼灼燃着，指着我说：“一百年前我练功走火入魔，唯有靠千岁以下的白龙血方能解毒。东西南北四座龙宫，唯有西海是白龙一族，几次三番去向那素宛提亲，却总是被拒。也是那丫头命硬。”

我望着他，不敢相信，这就是那个小无赖模样的莲塘。原来他一直都在耍我。

元夜负了伤，还是将我护在身后，我万分不解：“你为何一路跟我到这里？如若不舍，当初又为何要生生将我赶走？”

元夜背对着我，道：“那日我偷看了司命神女的仙籍簿子，上头说你要应场大劫，是情劫。——我以为只要我狠下心不要你，伤得你遍体鳞伤，便算是应了这场劫……谁知，惜惜，这根本就是我的劫。那日我看见你心痛的眼神，心比刀割还难受，是我不好，是我伤了你的心……”

这时只听轰的一声，莲塘鬼君手中的黑色闪电已然击出。

却不是劈向我这条未过千年的小白龙。

莲塘沉沉笑着："素惜啊素惜，这场劫，果然是场情劫。"

尾　声

我真如仙籍簿上所言，挺过了这一劫，便是做上神的命了。

只是很多时候，我站在天宫里高高在上的昆仑台上，我更愿用这上神的仙阶，去交换我所失去的一切……

那一日，莲塘奋力击向的是元夜。

他的声音越来越远，他说："素惜，我原本是想要你身上的白龙血，只是没想到，后来我想要的竟是你的人……你的心。"他歪头望一眼元夜，"我知道你对他有多痴心，只要有他在，我就不可能完完全全地得到你……"

然而此时莲塘也已伤重。

元夜到底是位神君，一早在身侧设下了结界，黑色闪电击破那结界的同时，也将那黑色闪电反弹了一半回去，直中莲塘的胸口。

元夜倒在血泊里，紧紧握着我的手，他扬起唇来笑，如一簇殷红夏花，他说："惜惜，对不起……这辈子我做得最错的一件事，就是自以为是地离开了你……"

他的气息愈加弱了，我愣在原地，泪水弥漫了满脸。

一瞬间，我想起这些年的点点滴滴。

想起在百花仙子的后花园里，他紧紧地抱着我，说：“你为何就不肯相信，我元夜，是真的喜欢你。”

我想起在西子湖畔的小酒肆里，我咬着牙对他说：“我若是再不能忘记你，就把这心挖出来喂狗。”

那个瞬间，他的眼神那么痛。痛得好像有汩汩的鲜血，无声地倒流进他心里。

作为上神，我终身未嫁。漫漫几十万年，桑田变化，事过境迁。

最后我求了求新来的司命神女，求她在我仙谥碑上写上我丈夫的名字——元夜神君。

昙花散

他说:“昙花,你看看你现在的样子。早知道你这样难缠,当初,我绝对不会去招惹你。”

我怔住。他的话像一泼冷水,兜头浇下来,相思之苦,所有的不甘与不舍,千言万语,一瞬间,全都说不出来了。

我只是想知道,你爱我……到底是不是只是如果。

一　九陌最幽寺,吾师院复深

后院的昙花,今晚要开了吧?

那种熟悉的香气,我闭上眼睛就可以闻到,如梦境般四散开去,将碎了一地的心紧紧缠绕。

我望着铜镜中的自己,憔悴的眉眼,疲惫的神色,让人只是看着就感到悲哀。

如何,就走到了今日?

分明昨日还是那个明媚美丽的少女。而今日,竟已经是,红颜白发,青丝成雪。

沈园里曾经风光无限的女主人,现在已是新人换旧人了。

摇摇悬挂在铜镜旁的铃铛,一直伺候我的小曲、小令快步走进来,眼角依稀挂着泪痕。——她们想必也是哭过的吧?几年的青春,跟了一个没用的主子，以后不知道要被分到哪里去？哎，或许无论洗衣服还是砍柴，都比在这后院里钩心斗角的好。

我交给她们两个荷包，说："里面是些体己钱，你们拿去傍身吧。"

小令打开荷包，露出里面一串璀璨欲滴的红玛瑙，跪在地上惊道："使不得啊，夕夫人，这赤菩提价值连城，是老爷给您的定情之物，怎么可以赐给奴婢呢……"

我摆了摆手，打断她，疲惫地说："都是过去的事，不要再提了吧。"

转头间，窗边闪过一个熟悉的背影，俊朗而落寞，似曾相识。那一抹白衣如雪，恍恍惚惚地刺痛了我眼睛，那是真的吗？

……真的是他吗？那个人，真的还会再出现在我的窗前吗？

就如前世一样，西行路上等待千年，终有一日，等到了吗？

我起身奔到窗口，花园里空无一人。

苦笑一声，眼泪就落下来。今生今世能再相见，果然，只是我的幻想而已吧。

沈园的主人名叫沈悦白。在闭塞的小村落里富甲一方，又有声望，就相当于是土皇帝了，三妻四妾，锦衣玉食，在这一亩三分地上是可以横着走的。他读过很多书，为人处世有自己的一套准则，可由于没有见过太多世面，还是不免眼界狭窄，跟许多无知的男人一样，总是不免把自己看得太高。

他说："段衿夕，你永远不会像其他女人那样重视我，崇拜我。这是我当初选择你的原因，也是我现在放弃你的原因。衾儿说你八字与我不合，再留在沈园只会克住我，所以，你走吧。我在九陌寺的后山为你盖了一间大宅，如果愿意，后半生你就去那里安身吧。”

衾儿是他的新欢，眉眼里有些与我年轻时相似的神韵，然而骨子里是凌厉的，占有欲极强，每次见到我，眼中都带恨。她父亲早年是茅山道士，于是也会些皮毛法术，当着沈悦白的面扶乩请仙之后，就说我八字带煞，会在后半生克住他。

想必，沈悦白已经从心底里厌倦了我。所以他那么轻而易举地，相信了这番话。

小曲、小令服侍我入睡。朦胧中，我听见她们在我枕边哭泣，喃喃说着：“夕夫人真是个薄命人。那沈老爷只见新人笑，不见旧人哭，想当初他费了那么大的周章才把夕夫人娶回来，现在却……”

她们的眼泪落在我手臂上，缓缓渗透进去，化作心里的一抹寒意……我的意识渐渐模糊，这时耳边有个声音问我：“昙花，你还记得这广寒宫吗？”

睁开眼睛，一个美貌绝伦的女子正垂头望我，身后的宫殿华美而冷清，她说：“昙花，为什么过了这么多年，你还是没有长大？你还在等着他吗，那个根本不值得你爱的人……”

我怔怔地望着她，这女子几年来一直出现在我梦里，终有一日，唤起了我所有记忆。

她的手很凉，轻轻抚上我的脸庞，说：“我已经帮你向王母求情，只要你愿意放弃与敖烈的那段孽缘，来世就可以重归天庭，位列仙班，重新做你无忧无虑的花神……”

我回握住她的手，说：“嫦娥姐姐，关于那些旧事，我已经全想起来了。你告诉我，什么时候可以等到他？……我只想再见他一面。真的，只要再见一面就好。”

嫦娥甩开我的手，愤恨地说：“我当你是好妹妹，费尽心机帮你，可是你为什么还是执迷不悟？五百年前，若不是因为你这种不管不顾的性格，敖烈也不会走上绝路！堂堂一个龙王三太子，最后要锯角褪鳞，去做唐三藏那个凡人的坐骑……”

我被她推倒在地上，忽然软弱起来，眼泪汩汩地往外流。

其实我何尝不厌恨这样的自己。

二　烟霜同覆屋，松竹杂成林

三日之后我就要启程去九陌寺了。

回头望一眼这熟悉的沈园，原来多少还是有些眷恋。

毕竟这里是我生活了十年的地方，还有小曲、小令，这两个一直陪在我身边的婢女。

几世轮回，她们一直在我身边。

沈悦白的新宠衾儿赶来奚落我，她说：“夕夫人，你一个女客被逼要去九陌寺养老，出家不能出，入世又不能入，真是可悲啊。”

小曲、小令闻言，眼睛一瞪，就要上前为我出头。我按住她们，淡淡一笑，说："我走了之后，沈园的女主人就是你。悦白为人虽然有些轻浮，可是本性是善良的，如果你以后能善待这些伺候过我的下人，他会更珍惜你的。"

衾儿出身青楼，言语上比较刁钻，当下冷笑一声，说："你还当自己是正牌夫人？满口都是道理。这些话，你还是留着去跟九陌寺的和尚说吧。都自身难保了，还在这儿学泥菩萨。"说完拂袖而去，体态婀娜，果然是杨柳细腰。

小曲朝着她的背影呸了一下，骂道："这个贱人，真不害臊！"

我叹口气，摇摇头，说："本想激她在我走之后善待你们，可是现在看来……哎，是我连累了你和小令。"

小曲、小令急忙过来劝我，道："夕夫人千万别这样说，能到您身边服侍，是奴婢们几世修来的福分……倘若其他奴才知道夕夫人的为人，也一定会抢着来的。"

我应了一声，心中也明白，今天的事表面看是过去了，怕是难缠的还在后头。衾儿是不会善待她们的。

这时，小令忽然小心翼翼地说："主子，有句话，小令不知当讲不当讲。"

我看她一眼，也想缓解一下此刻凄楚的气氛，轻点一下她脑门，笑道："你这丫头，神神秘秘的，有话就说。"

小令看我一眼，似是不知该如何形容，道："其实方才老爷就站在主子身后呢……他远远站在树后，似是不愿被人发觉，奴婢也就没出声……说实话，总觉得他看您的眼神跟看其他人不一样。那种眼神好像很深很重，总之跟看衾儿姑娘的时候很不一样就是了。”

我心中微微一颤，心想，难道过了这么久，沈悦白还会对我有情？……又或者，临别之际，他也想起了往日的回忆，心中唏嘘吗？

可是我想起了前世的回忆，他又是这样对我。提起过去，还有什么意义呢？

半晌，我淡淡地说：“小令，这些话你日后不必再提了。若是让衾儿的人听到了，恐怕又是一场事端。”

回到睡房，昙花的薰香散在各处，让人短暂地迷醉。我坐在床头，正预备起身收拾细软，这时木门吱呀一声被打开，沈悦白长身玉立地站在门边，他说：“段衿夕，你真的这么迫不及待地想离开沈园？”

我抬头，原来终于可以坦然面对，不再为他流泪。

若不是被这个男人伤透了心，痛苦到要去投河自尽，我也不会在生命消散之际，电光火石般想起了有关前世的所有回忆。

几十年的梦境终于有了答案。我也终于放下了他。

可是垂下头，心中还是有酸涩，我佯装没有芥蒂地说：“迫不及待说不上。只是当你不得不走的时候，又何必留恋？”

他一言不发地看着我，漂亮的眸子如初见时一般诱人，仿佛飞星入海，光彩夺目，却又很温和。

半晌，沈悦白去妆台边打开首饰盒，拈出一样火红的东西，说：“这串赤菩提，是我今年在你生辰时送你的礼物。为什么你就是不肯听我的话，好好戴着它？”他话语里的宠溺，让我心生涟漪，随即又冷漠起来。

本来已经把它给了小曲，哪知这丫头竟然又偷偷送还到我首饰盒里，以为破镜还可以重圆吗？

如果在沈悦白决绝地赶我走之后，还幻想他对我有情，那就真的太可悲了。

我淡淡一笑，说："听说这串玛瑙珠子价值连城，你拿回去哄别的女人吧，我已经不需要了。"

那双漂亮的眸子里，瞬间闪过一种很深很痛的东西，只是转瞬即逝，他执拗地将那串赤菩提套在我腕上，声音里多了几分温柔，他说："为了我，生生世世都戴着它好吗？……它会替我守护你。"

说到最后一句的时候，他的声音几乎微不可闻。心中有种巨大的酸涩蔓延开来，我想摘了这手串，狠狠扔在地上，可是我没有。我顺从地任它横亘在腕上，回握住他的手，柔声说："悦白，我走了以后，请你善待小曲和小令。"

这时外面下起雨，滴滴答答地打在屋檐上，犹如珠落玉盘，像是一首离别曲。很长一段时间，沈悦白没有再说话，屋子里安静下来，静得仿佛静止了时光。

"我以为你再也不会这样叫我。"他自后轻轻环住我，下巴抵在我肩膀上，伸手推开窗子，说："记得那时你刚过门，最喜欢我抱着你西窗听雨……"

雨水打湿了窗外的花坛，香气氤氲，他的体温那么近，仿佛还是最初相爱的时候。衾儿撑着一把油纸伞站在月洞门前，遥遥看着我们。

我转身回抱住他，沈悦白身子一震，我踮起脚尖在他耳边说："你变心之后，我痛苦得恨不得死。也便是从那时起，我终于知道，我今生要找的人，并不是你。——无论如何，感谢你，陪我走了这段路。”

从衾儿的角度看来，大概是以为我们在亲热。她手中的油纸伞掉在地上，一个人站在寒凉的雨水里，表情错愕而痛楚。

沈悦白却恍若不见。他只是，忽然，低头吻住我，狠狠的，带着掠夺和不舍，生生将我的嘴唇咬出血来……当痛楚和血的甜腥一起涌上鼻息，我听见他说：“段衿夕，你永远都不会真正懂我。”

三　鸟语境弥寂，客来机自沉

肉体凡身，能想起前世的记忆，于我来说，不知是恩赐还是罪孽。

我今生要找的人，名字叫作敖烈，最初相识的时候，他是西海龙王三太子，桀骜不驯，无法无天。嫦娥姐姐说，这一世，无论他变成什么样子，我都能认出他的——他眉心会在庚子年后出现一抹朱砂痣，而这便是今年。

而我的记忆，也是在今年之后才苏醒的。

看来冥冥之中，一切早有定数。

临别那夜，我将这许多前世的记忆，当作故事一般讲给沈悦白听。他坐在西窗前，身后是孤零零站在雨里的衾儿。

我想，说完这个故事，我就可以安心平静地离开沈园，离开衾儿和沈悦白，再无遗憾了。

五百年前的蟠桃盛会，我是刚上任的花神，奉命四下散放香雾，并将百花凝露渗进灯芯里，将偌大一个瑶池布置得芬芳四溢。

嫦娥姐姐与我从小就相识，长我几百岁，经常指点我一些法术。她前阵子因为犯了天条而被打进广寒宫，此时眼中便有幽怨，站在热闹喜庆的人群里有些格格不入。我蹑手蹑脚走到她身后，企图逗她开心，想将一瓶百花凝露偷偷洒向她。

嫦娥姐姐是天界公认的美人儿，而作为花神我知道，美人是没有一个不喜欢香气的。可是偏在这时，一个人横冲直撞跑过来，撞到我的手，使得一整瓶百花凝露都尽数洒在了另一个人身上。

那人面目清俊，眉眼细长，嘴唇很薄，唇角上挑，只是一个回眸，便尽显了风流。一袭白衣如雪，被我的百花凝露晕湿了一大片，香气氤氲间，他笑起来的样子有些坏，说："这位小姐待我真是不薄，初次见面，就以一整瓶这般珍贵的百花凝露相赠。"

嫦娥姐姐将我扯到身后，说："如果我没认错的话，这位就是西海龙王三太子，敖烈公子？昙花年纪小不懂事，叨扰了阁下，莫要见怪。"说着她拉着我想走，那男子却拦住我的去路，垂头直直看着我的眼睛，挑眉道："你叫昙花？就是那个刚上任的小花神吗？果然玲珑剔透，花容月貌啊。"

这番话，分明那样轻浮，不知怎的，却让我一下子脸红如灼烧，嫦娥姐姐不容我回答，手上一加力，拉着我快步离去。

走出很远，我回过头，发现他正望着我，眼角眉梢中似有桃花绽放，轻佻而妩媚。

后来伤心欲绝的时候，我曾哭着缠住嫦娥姐姐，为何不在初遇时就告诉我这个结果？为何由着我爱上他，将自己折磨得痛不欲生？

嫦娥姐姐的表情又怒又怜，似乎也是感同身受，她抬起手想打醒我，终究缓缓放下，说：“我拦过你的，可是有用吗？你涉世未深，情窦初开，最遇不得的，就是敖烈那种久经花丛的花花公子。意乱情迷的时候，我再怎么劝你，你如何会听？”

那是我与他相识的半年之后。我与其他所有被他伤过心的女人一样，先是迷醉于他的温柔体贴，浪漫风华，新鲜感过了之后，终是难逃被他所厌弃的结局。

敖烈离开我之后，我日日以泪洗面，还不死心，跋山涉水跑到西海龙宫找他。

彼时他正在后花园里跟一个陌生女子调情，从袖中抽出一朵花，轻轻插在她鬓边，惹得佳人笑得那般甜蜜，就如过去的我一样。

心中腾起一抹醋意和伤感，我冲上前，不管不顾打了那女子两个耳光，扯着她的头发说：“你这贱人，给我滚出去，再也不许出现在西海龙宫！”

她哭着挣开我，跑到敖烈身后，娇声啜泣着，哭道：“三太子，你要给我做主啊！”我看她这样子，心中更气，抬起手又要打她，却被敖烈半空格住，他看着我，眼神那么冷淡，那么不耐烦，他说：“昙花，你看看你现在的样子。早知道你这样难缠，当初，我绝对不会去招惹你。”

我怔住。他的话像一泼冷水，兜头浇下来，相思之苦，所有的不甘与不舍，千言万语，一瞬间，全都说不出来了。

他拉着那女子，绕过我扬长而去，我的眼泪流下来，忽然间恐慌不已，转头追上去拉住他的袖子，哀求道："敖烈……你不要走。"

那女子上前一步，还给我一耳光，说："你这样死缠着他有用吗？不妨告诉你，我是东海龙王的独女安涚。世人都叫我安公主，只有他叫我涚儿，你知道吗，这就叫般配。"

我拗着头不看她，只是目不转睛地看着敖烈，我说："你不是说过，最喜欢看我笑起来的样子？我答应你，以后再也不跟你闹脾气，就只对你笑，好不好……"

安涚又一个耳光扇过来，她上前一步扯开我，说："下个月我就要与敖烈成亲了，这是玉帝御赐的姻缘。你若再纠缠不休，我就告到王母那里去，让她把你打入凡尘，永世不得重归天庭！"

我想我永远不会忘记那个场景。

被东海龙宫的安公主打倒在地之后，他拉着她在我面前一步一步走远，我望着那扬长而去的一对璧人，蜷缩成一团，掩面哭了三天三夜，心痛如绞。

嫦娥姐姐闻讯来西海龙宫接我。她把我从地上拉起来，狠命摇晃着我的肩膀，说："你好好看清楚你爱上的是什么人！他那样的男人，根本就没有真心的，他会按照龙王的意思娶个门当户对的女人，可是那又怎么样，成婚以后还不是会在外面拈花惹草？"这番话，似乎也勾起了她心底的伤痕，那种表情也愈加真实强烈，她将我抱在怀里，爱怜地说："昙花，你必须要自己放下，别人帮不了你。放下之后，你才能有未来。"

我忽然冷静下来，擦干脸庞的泪水，说："嫦娥姐姐，你先走吧，帮我去花都照看一下。我去云神姐姐那里换件衣裳就回去。"

嫦娥姐姐以为我已经想通，点点头便去了。

我走到花园中央，拾起那朵曾经被敖烈插在安涚鬓边的红花，悲哀地笑了。

四　早知能到此，应不戴朝簪

不久之后，天界风传这样一个消息：敖烈在凡间，因为不识唐僧和悟空，误食了唐三藏的坐骑白马，被观世音菩萨点化，锯角退鳞，变化成白龙马，皈依佛门，去凡间陪唐三藏西行。

那时我正在广寒宫，嫦娥姐姐找我帮忙织一面鸳鸯被，说是要送给王母做寿礼的。她咬断了线头，说："你看这个敖烈，真是报应。"

我心中波动，垂头不语，半晌才问："他堂堂西海龙王三太子，怎么会被打下凡间，做那和尚的坐骑？"

嫦娥姐姐头也不抬地说："他啊，太过无法无天，竟然纵火烧了殿上玉帝赐的明珠，触犯天条，犯下死罪，幸亏大慈大悲的南海观世音菩萨出面，才幸免于难，被贬到蛇盘山辅助唐僧西天取经。"她说到此处，抬头端详我一眼，"哪知最后竟是给那和尚当坐骑，算是报应吧。"

我手中的针倏忽刺破了指尖，钻心的疼痛蔓延开来，我颤颤地问："他是因为纵火烧了玉帝御赐的明珠，才受罚的？"

嫦娥有些不耐烦，拂开我的手说："昙花，你去歇会吧。是我不好，不该再跟你提他的事情。"

我去蛇盘山等他。

那是他化龙为马的前一天。我一拈手指，整片大漠刹那间繁花盛开，百花凝露的香气蒸腾在半空，我说："敖烈，你为什么要这么做?"

他背对着我站在山坡上，此时一轮圆月当空，照得满地繁花银光绽放。他叹了一声，说："昙花，你为什么要来?"

看见他的脸，我的泪又流出来，我好恨这样的自己，可是我没有办法："如果你不爱我，为什么要这样做？如果你爱我……"

我忽然啜泣着说不下去了……你爱我，到底是不是只是如果。

敖烈转身不再看我，猎猎白衣翻飞在大漠的夜风里，他说："爱与不爱，现在已经不重要了。昙花，你到什么时候才能明白，生命中除了爱情，还有许许多多其他的东西。"他回头望我一眼，眼神如风，缥缈逸散，看不清楚。

他说："太浓烈的感情，最终只会焚烧了别人，也灼伤了自己。"

我摇着头，眼泪大滴大滴砸下来，我说："敖烈，如果你对我无情，为什么会舍身救我？其实……我只是想跟你在一起啊。我只是想待在你身边，好好爱你。这，有错吗？为什么，为什么你要摧毁我的梦，也摧毁了你自己?"

原来世界上最痛的事，不是走错路，不是被伤害，而是你明知道这是错的却没有办法改变你自己。

敖烈眉心出现一点朱砂，缓缓放大，最后红光万里，将他整个身躯掩盖在其中，他化身为龙，倏忽间飞上天，声音里有悲哀也有无奈，他说："昙花，你还是不懂。"

五　天长地久有时尽

我跟嫦娥姐姐说，我想下界为人，不想再待在冰冷的天庭。

她骂我："对一个神仙来说，你知道变成凡人，承受六道轮回之苦，那意味着什么吗？——你只能有一世的记忆，飞蛾一般短暂的生命，与花神所拥有的比起来，那些实在是太微不足道了。"

那么，敖烈呢？那一日，分明是我为了泄愤，放火烧他的宫殿，结果烧掉了玉帝御赐的明珠。那样一个男人，为我顶罪，护我周全……

我爱他那么深，怎么甘心放弃？

其实我又何尝不想就此了之。可是，我控制不了想要再见他的欲望。

第二日，我不顾嫦娥姐姐的阻拦逃下天庭，很快就被仙班除名，身上的法力还在，便成了雄霸一方的花妖，化名银珠。

白风镇上人迹稀少，却是西行的必经之路。此时正是冬日，呵气成霜，傍晚刚过，天色就黑了下来，天空中飘下浅白细碎的雪片，簌簌如梨花。

这样寥落阴沉的天气，银珠洞里却是灯火通明。白风镇上一共不过百人，此刻全部跪在我面前，神色惶恐而期盼，为首的一个跪着蹭过来，声音热切而恭敬："银珠娘娘，白风镇上瘟疫横行，死伤已经过半，求您大发慈悲，救救我们吧……"

我坐在层层帷幔之后，白纱晃动，莲花座下烛光潋滟，我侧头对身后小童道："清风，去将天一神水拿来，给乡亲们服下吧。"

清风是我座下的小童，此时神色犹豫，道："娘娘，天一神水是由昆仑绝顶的甘露仙草熬制而成，每十六年才有小半碗，岂可轻易送人的？还请娘娘三思啊……"

我轻轻摇头，还未开口，只听右侧小童明月说道："娘娘心地仁善，舍己救人，难道你还不明白么？天一神水固然珍贵，对许多人来说，也要比人命值钱得多。可是我家娘娘高义，自然是会先救人的。"

我望着面前感恩心切的众人，沉默不语。清风犹豫片刻，终是取了一瓶天一神水，走过去递给领头的人，说："我家娘娘出手相救，自是不求回报。可是知恩图报，天经地义，日后若有用得上你们的地方，你们可知道该怎么做吗？"

众人感激不已，齐齐涕零俯身，以头触地，道："娘娘救了我白风镇上下百十口性命，大恩大德，我等岂敢再忘？他日如能为娘娘出力，必会以死相报！"

以死相报？呵。区区人命，又算得了什么呢？怕只怕即便取了他们所有人的命，也挽回不了我想挽回的东西。

世人都说，天上一日，地上一年，漫长十年，不过是我在天上绣一帧枕套的时间罢了，可是为什么，这却好像是我生命中最重要的一段时光，最重，也最痛。

没过几日，镇上就来了几个和尚，说是来自大唐。领头那个名叫唐三藏，身边跟着三个徒弟和一匹白龙马，为人良善，慈悲为怀，对所有人都礼遇有加。村民们听了清风的指示，在镇子口的小饭馆里设斋宴，说要为大唐高僧接风洗尘。原本也邀请了那和尚的三个徒弟的，可是最后却只有他一个人来。问起缘由，说是大徒弟孙悟空不屑应酬，二徒弟猪八戒不喜斋宴，而一向温厚听话的三徒弟沙悟净，却在到了白风镇后不知去向了。

那么，白龙马呢？

是啊，他只是马，有什么资格。

我心中冷笑一声，深处是难言的悲哀，似水一般扩散开来。此刻坐在白纱帷幔之后的莲花座上，试图露出一副悲悯的神情。可是如今这双虚假而空洞的眼，还是穿过面前这些卑微如蝼蚁的生命，看见许多许多年前的自己。

宴席中，唐三藏向众人讲经说法，本来就甚俊朗的脸庞此刻更是似有光华普照，风姿无声地倾倒了众人。侍女明月带银珠洞众人邀请唐三藏过洞一叙的时候，许是察觉到有些不妥，他婉言拒绝了，并要告辞回客栈去。

明月好言相劝，村民们也纷纷赞颂银珠娘娘之德，唐三藏仍然不为所动，并说大徒弟孙悟空不时便会来接他。

我带着清风明月从天而降，嫣然一笑，说："将这里所有人都带回银珠洞去。对唐长老恭敬一点，可别弄坏了我们大家都梦寐以求的唐僧肉。"

这一切，都是你逼我的。

可就在这时，半空中忽然闪过一道红光，只见一匹白色骏马踏云而来，他的声音没有变，他说："昙花，你为什么一定要报复？为什么就不能真正放下？这段爱，最后一定要化作恨，毁灭一切，你才满意吗？”

呵，放下。我冷笑，唇角满是悲凉。这两个字听起来那么轻松，可是谈何容易？

就像心里打了个结，在多少个不能入眠的夜里隐隐作痛。我试过，但是真的做不到。

也许真正的爱与恨，永生永世也不能释然。

这就是宿命。

这时，忽有一人迎面而来，獠牙撑剑刃，一头红发凌乱，是唐三藏的大徒弟孙悟空。他一棒朝我的天灵盖劈下来，他说：“悟通大道，必先空破情根。昙花，我在花果山时就听过你的故事。这个道理，希望终有一日，你能明白。”

六　此恨绵绵无绝期

沈园的昙花在一夜之间绽放出最美丽的香气，我离开的时候，沈悦白没有送我。

不知道何时起，我也成了一个有过去的人，才明白每个人的过去，都有不愿意被人碰触的东西。

前世我死在孙悟空棒下，作为昔日的齐天大圣，他还是有些义气的，作为补偿，他许我一个诺言，让我来世得以再见敖烈一面。

时光弹指一挥间。我分明还是那个刚下凡间无忧无虑的花神，主司昙花，不谙世事，花容月貌。怎么就走到了如今？

九陌寺离沈园不远，清晨，这里的和尚念道："九陌最幽寺，吾师院复深。烟霜同覆屋，松竹杂成林。鸟语境弥寂，客来机自沉。早知能到此，应不戴朝簪。"

这时，一簇火光冲天而起，是沈园的方向。

我怔了怔，不顾一切朝沈园跑过去，手腕上的赤菩提掉落在地上，碎了一地。

火势很大，焦土满地，我直直跑向沈悦白的房间，他被燃烧的横梁堵在门内，衾儿站在外面，流着泪看他。

我扑过去，拿起门边扫帚使劲去撬那根横梁，急对衾儿道："你快点来帮忙救悦白啊！"

她冷冷看我一眼，说："这场火是我放的。——就如五百年前的你。得不到，就毁灭，没有道理可讲。"

我一愣，转头望向沈悦白，他站在门内，哀哀看我，说："衿夕，你快走。你……不该再回来的。"我恍然发觉，他的眉心，有一抹朱砂在火光里灿然生辉。

回想起嫦娥姐姐所说的话，难道……

可是为何，到了今日我才发觉？

衾儿好像看出了我的疑惑，她说："不用猜了。今日的沈悦白，就是旧日的敖烈。那串赤菩提，是他找人开过光的法宝，只要戴着它，你就不会想起前世的记忆……可是你不听劝，还是想起来了。痛苦了自己，也伤害了别人。敖烈被你像冤魂一样苦缠三世，到现在也不能解脱。"

我愣住，这一切，让我始料未及。这时不远处传来小曲、小令的声音，她们被困在火里，痛苦地呼救。

衾儿冷笑："放不下的，不只是你啊。还有过去的清风、明月，这两个小童，转世为人也要伺候你……还有东海龙宫的安公主。我，也想得到他啊……"

这时，火烧得更旺了些，木头的焦味侵入鼻息，我望一眼衾儿，朝火海中的沈悦白跑去。

我……终于找到你了吗？

原来纵使你与我离散几世，忘记过去之种种，还是无法让我摆脱旧日之情伤。

原来有些人，有些事，注定生生世世都放不下。

与你死在一起，又何尝不是一种结果。我扑到他怀里，他抚摸着我的脸，说："昙花，你为什么这么傻？"

我所做的一切，都只是想让你快乐而已。

没有爱上我的你，才是最快乐的。这段感情，毁灭了我，也毁灭了你自己。

也许真的，忘了才好。

尾　声

清，康熙二年，大雷音寺。

有附近客栈的小二给外地的游客们讲解："那白龙马本是龙王三太子，后来被观世音菩萨点化，锯角退鳞，变化成白龙马，皈依佛门，取经路上供唐僧坐骑，任劳任怨，历尽艰辛，终于修成正果，取经归来，被如来佛祖升为八部天龙广力菩萨……后在化龙池得复原身，盘绕在大雷音寺的擎天华表柱上。”

他抬手指指，说：“喏，就是这个了。”

人群中，一个素衣白裙的女子仰头望去，良久良久，默默地转身而去。

擎天华表上的龙柱，看起来巍峨，庄严，而又寂寞。

或许爱情，很多时候就是一剂毒药，让你虚无缥缈，甘心沉沦。甚至顾影自怜，杂念丛生。最终只是一场镜花水月，却又留下道道伤痕。

即使是时间，也无法将它淹没。

时光荏苒，几生几世，我终于明白了他们所说的放下。

虽然，我，依然爱你。

死生魂魄暂同游

云想衣裳花想容，春风拂槛露华浓。

若非群玉山头见，会向瑶台月下逢。

其实那一刻，我真的很想问："今日一别，你我是否连月下重逢都不能再企盼？自由与厮守，你在选择之时是否也曾为我而犹豫？"

迷离夜色中，你一袭白衣胜雪，折扇翩跹，远远望去似真似幻。

可是我开不了口，我不敢问出声音来。

因为我亦明白，人鬼殊途的道理。

一

夏末秋初，空气里弥漫着花草香。傍晚秋风冷寂，我立于府中的梨树旁，瞥见莲花池畔两个熟悉的身影。

"顾公子，此次回乡祭祖之后，您就要与容姐姐成亲了。乐清自知身份低微，本没有资格说这样的话，可是……"姚乐清忽然屈膝跪下，声泪俱下，道："容姐姐与我从小一起长大，对我百般体恤照拂，才有乐清的今日……乐清甘愿为奴为婢，只求明哥哥一生善待容姐姐，白首到老……"

临水站着的男子一袭青色锦衣，眉目英挺，正是顾明况。他见乐清说得动情，也不由动容，扶起乐清，温言道："想容与我青梅竹马，我自会好好爱惜她。乐清，难为你有这份心。"

我站在梨花树后，看到乐清这样对我，心中一暖，想起我过去对她的猜忌，又有些歉疚。只听顾明况又说："乐清，你母亲顾氏的祖坟也在清远，不如这次就与我们一起去祭祖吧。"

乐清一听，脸上立时浮现欢喜的表情，却也有些犹豫，推辞道："你们就要成婚了，我跟着去岂不煞风景？……不知容姐姐可愿意吗？"

顾明况顿了顿，安慰道："想容出身最贵，有时难免比寻常女子任性一些，可她本性善良，最是善解人意。你这样真心待她，她自然会更体恤你。放心吧，我会同她说的。"

此时我站在暗处，心念微转，忽有一个模糊的念头闪过，却无从捕捉，正在犹豫着要不要走上前去，蓦一回头却看见母亲，摆了摆手示意我过去。

母亲一直拉我走到内堂，方才开口，神色有些揶揄，道："想容，刚才我也站在不远处，什么都看到了。乐清这孩子原来这样'重情'，平时倒是小瞧她了。"

我一愣，诧异道："娘，您平素不是不大喜欢乐清的吗？是啊，我们都误会她了，虽然乐清自幼美貌，可是却也从来没有想过要跟我争些什么的……"

娘看我一眼，忽然嗤一声笑了，说："傻女儿，你果然好骗，一句话是真是假你都听不出来。乐清说那些话，分明是想讨好明况，再借着明况的口来讨好你。或者，她知道你就在暗处，故意做给你看的也说不定。"

娘出身皇族，嫁与我爹以来，无论手段还是身世，都能让她几十年来在府中屹立不倒。也因为我娘的爱护，我自幼呼风唤雨，也自知心机不够，却不至于驽钝，我笑道："娘，您多虑了。乐清家境虽然还算殷实，可是她娘亲过世得早，又是二房，她家里人都对她呼呼喝喝的，想去祭祖也没机会。这次就算她是有心为之，我跟明况也不在乎多带一个人。"

娘宠溺一笑，拍拍我的头说："好吧，反正你与明况下月就要成亲了，谅那小妮子也不敢对你如何。"

我笑着应了，不知为何，心里却越发有些同情乐清了。

临去清远的前一天的傍晚，宝玉斋来了新货，明况陪我一同去看，我故意不理他，自顾自地与老板问价钱。明况不明所以，在一旁欲言又止，几次想找机会与我说乐清的事情，都被我不露痕迹地打断，最终只好沉默一旁。我看着暗自好笑，当下也不说破。

明况送我回府，此时已是明月当空，秋风凉薄，我披着深紫色嵌金水貂毛披风，也不觉得冷。倒是明况，丝缎长衫略显单薄，一路上低着头，若有所思地沉默不语。我也不出声，打个手势示意下人递过来我特意带给他的披风，踮着脚披在他的肩膀上。

明况微微一怔，有些惊讶地侧头看我，我嫣然一笑，脸红道："晚来秋凉，我知你不喜穿厚衣服，特地叫人做了这两件同样款式的披风。"

白亮月光下，明况的眼波微微一颤，似是受宠若惊，又似是有些震撼，一时竟没有言语。我脸上更红，偷偷从袖袋里掏出一枚碧绿的翡翠扳指，戴到他拇指上，低着头说："其实那天，你与乐清在莲花池畔所说的话我都听到了。你说我善解人意，其实容儿自知刁蛮任性，愧不敢当。其实……其实以前我总是跟你闹，也不过是想引起你注意罢了……如今你我已经定亲，下个月你就是我的夫君……我，我会学着做一个好妻子……"说到这里，我的脸已经红到脖子根，抬头看一眼明况，只见他怔怔地看着我，深邃眼波浓黑涌动，似有一丝我看不懂的情感。

我更加窘迫，咬了咬嘴唇打岔道："这个扳指是我刚才在宝玉斋瞒着你挑的，想给你个惊喜……你可还喜欢吗？"

明况这才如梦初醒，忙说："容儿买的，我自然喜欢。"

我心中欢喜，抬头看他一眼，脉脉含情。明况低头回望着我，眼神一颤，忽然间伸手将我揽进怀里，下巴抵着我的肩膀，说："容儿，你方才那番话，当真让我惊喜。我……也会做个好丈夫，一生一世照顾你。"说到这里，明况似也有些羞赧，双手一加力，将我抱得更紧。

我胸中似有蜜汁流过，一时甜到了极处，乖巧地靠着他的肩膀，竟希望时间就此停止住了。良久，我说："明日，就叫乐清同我们一起去吧，我们三人相识多年，也不必介怀什么虚礼了。"

明况轻轻抚着我的发丝，顿住片刻，道："好！我什么都听容儿的。"

我，乐清与明况三人从小一起长大。因为乐清美貌，我对她的确曾有过疑虑，可是如今也释然了。

因为与她相比，我实在拥有太多了。

二

昨夜之后，我一见明况总是有些脸红。爹爹派了官家马车送我们去清远，我与乐清一路谈笑，也不觉得闷。明况骑马独行，时不时在窗口瞥我一眼，我想起那晚他温暖而泛着薰香的怀抱，便窘得低下头去。

乐清一向乖觉，每每此时总是掩袖而笑，羞得我含笑瞪她。

一路顺畅，可是在距离清远几里处的山坳里，明况的马忽然被蛇咬伤，发狂将他掀翻在地，那蛇受惊之下，也咬伤了他的腿。

我大惊失色，七手八脚地帮着马夫将明况抬到马车上来，看着他痛苦的表情，急得几乎落下泪来。终是乐清冷静，说："容姐姐，我听说这山里有一种类似金银花的草药可以解这种蛇毒。可是山里狼多，留明况一人在道上我们也不放心，不如让马夫守着他，你与我上山去采草药，姐姐认为如何？"

我急忙点头，说："事不宜迟，我们快些走吧，路上你再仔细给我形容那草药的样子。"说着，朝明况点点头就拉着乐清要走。可就在这时，明况忽然拉住我的手，脸上还挂着因为痛楚而渗出的汗珠，摇摇头说："容儿，你们不要去了，我不碍事的。"

我握了握他的手，咬牙道："明况，你放心，我一定会救你……"

明况却拉着我不肯松手，只是摇头。乐清轻声打破了沉默，说："明哥哥你放心，我会照拂容姐姐的，我宁可自己有事，也不会让她有危险。"

明况看我一眼，一双深眸含意未明，半晌才缓缓松开了我。

夜很深，山坳里弥漫着泛白的雾气。远处传来野猫凄厉的号叫，声声令人心生寒意。我平素养尊处优，从未走过夜路，此刻不免心中害怕，攥紧了乐清的手。乐清也是女孩家，手里渗出了冷汗，想必心里也有些害怕，却还是安慰我道："姐姐不用怕，这个山坳白天很多人经过的，只是夜晚安静一些……姐姐小心！"她猛地推开我，自己却被旁边的树枝划伤了手臂，我低头一看，原来是路上横亘出一块大石，我适才若是踏上去非被绊倒不可。心下一暖，不由拉紧了乐清的手。

两人彼此扶持，终于攀到了山顶，乐清舒了一口气，指了指前方漆黑的树林，说："姐姐，草药应该就在前面了。"我心下振奋，急忙提着裙子快步往前走去。

树林里一片幽黑，缕缕白雾四下飘散，野猫也停止了哀号，寂静得让人心寒。就在这时，远处半空中忽然闪现几簇绿莹莹的火焰，仿佛黑暗里一双双噬人的眼睛。我心下一跳，强压住心中的恐惧，强自镇定地跟乐清说："我听人说过山里有磷火，今日倒是第一次亲眼看见呢……"

乐清却半晌没有答我。身后空空荡荡，一簇冷风穿过，我脊背冰凉，回头看去，身后空无一人，哪还有乐清的身影？我心中慌乱，扬声喊道："乐清？乐清你在哪里？"空旷冷寂的黑暗中，我自己的声音层层回荡，听起来竟也有些凄厉。许是这声音惊动了什么，月光昏暗的树林里只见一群阴影腾空而起，扑棱棱向我追来……

我大骇，慌不择路地往前奔跑，不小心被什么绊倒，一抬头却看见一个冰冷的骨灰坛，四周无数起伏的坟丘，上头草草插着一些木牌——竟然闯进了乱葬岗！我吓得尖叫一声，再次惊起一群寒鸦，黑暗中发出令人胆寒的叫声。我心中恐惧到了极处，伏在地上瑟瑟发抖，动也不敢动，却忽然瞥见一簇磷火下面长着一株类似金银花的植物，与乐清形容的一模一样。

我定了定心神，为了救明况，此刻也顾不得害怕，强自站起来往那株草药走去，一把将它拔在手里，却只见根部的坑中盘踞着一条大蛇，鳞片在昏暗的光线中反射着寒意，我吓得连声音都发不出来，慌乱中后退数步，却不小心踩到了什么，扑倒在一座坟丘上。手臂挥动间碰翻了一块木牌。鬼火缭绕之下，隐约看见木牌上写着：朱琼娘。

这时，鬼火忽然熄灭了，四下陷入绝对的黑暗中，仿佛被什么所封闭。我一动也不敢动，手里还紧紧攥着那株草药，吓得默默流泪，却也不敢发出声音来。这时，忽有一只手拍了拍我的肩膀，我吓得浑身一抖，回头却只见乐清一脸泪痕地站在我身后，说："容姐姐，方才我好像被什么魇住了，在一个地方不停打转，怎么走也走不出去……难道是遇上了乡人们所说的鬼打墙么？"

我看见乐清，心下安定了不少，听她这样说，咬牙劝慰道："乐清你别怕，或许只是迷路呢。我已经找到解药了，我们快些下山吧。"

乐清点点头，上来扶我，目光却在瞥见我身后时微微一顿，脸色变了一变，却很快恢复如常。我惊魂甫定，一时也没有多言，与乐清互相搀扶着下山，她却仿佛装了什么心事，一路上脸色惨白。

三

回到马车上后，乐清把草药捣碎了给明况敷在伤口上。我惊惧交加，又不想说出来让明况担心，不一会就睡着了。醒来时已是第二天清晨，明况的毒已经解了，只剩下些皮外伤，蹙眉看着我，说："容儿，都怪我无用，昨夜害你受苦了。"

我心中委屈，靠在他怀里。抬头却瞥见乐清脸上担忧的神色更甚，却很快别过头，欲言又止终究是没有开口。

傍晚时终于抵达清远。顾家旧宅里只有零星几个奴仆，将我们安顿好了便退到外院。明况一路照拂我与乐清，疲惫不堪，早早回房休息了。我坐在房间里，回想起昨夜发生的一切，依然有些后怕。这时，乐清捧着一瓶白色梨花走进来，说："容姐姐，这两天发生许多事，你别往心里去。明哥哥大难不死，必定是个有福之人。况且又是姐姐采到草药救他，说明你是他的贵人呢。"

几句话说得我略略舒心，我接过花瓶摆在桌上，摆弄着说："但愿如此吧。这花开得不错呢。"

乐清乖巧一笑，说："我听人说，梨花有安定人心的功效呢。姐姐早些休息吧，明日我再来找你。"

夜里我忽然惊醒，仿佛又听到那日山里野猫凄厉的号叫。我坐起身来，却看见墙上写着三个血淋淋的大字：朱琼娘。我吓得尖叫，一时却也想不起在哪里见过这个名字……

我猛地坐起身来，竟是被自己的尖叫声所惊醒，原来方才的景象是梦。我微微定了定心神，只觉口干舌燥，想下地喝几口水。昏暗的光线中，那一瓶梨花幽然似梅，泛着淡淡的清香，我紧绷的心弦微微松了一些，给自己倒了杯茶，蓦一抬头却只见墙上真真切切写着三个在淌血的大字，"朱琼娘"。

我的心一颤，一颗心仿佛悬到了嗓子眼，吓得连声音都发不出来，猛地站起身，碰翻了桌上的茶水，浸透了我的内衫，一片冰凉。我掉头跑出房间，却又无处可去。我想去找明况，可是又觉得这事匪夷所思，难以启齿，到底什么是梦境什么是真实，我一时竟也分不清了。

院子里种满了梨花，迷离月色下香雪如海，我抱紧了膝盖坐在地上，望着半开的房门，想起那血淋淋的字迹，说什么也不敢再进去了。心中凄楚不已，闭上眼睛，一串热泪应声而下，沿着腮边缓缓滚落。

“姑娘，长夜漫漫，为何在此独自垂泪呢？”一个温润动听的男声传来，似是有种安定人心的力量。我抬头，只见一个白衣男子倚门而立，手里握着一把折扇，气质有些清冷，眉眼中却溢了一丝关怀之意。

我见到他，心下微微踏实了一些，却也防备，道：“你是谁？怎么会在这里？”

白衣男子温和一笑，说：“我叫明秋生，是这里管家的儿子，平时在这里住惯了的。你们一回来，我就只好搬去后院的柴房里住，一时间难以入眠。”

我这才安心，道：“大概也是因为换了床铺睡不安稳的缘故，我夜里噩梦连连，不敢再回房里去了。”

明秋生看我一眼，眼神里似有深意，道：“日有所思，夜有所梦。噩梦乃是人心不稳所致，姑娘只须想着自己问心无愧，即使夜半鬼敲门，也不必害怕的。”

我听了这番话，心下安稳许多，抬头看他一眼，只见明秋生的脸在夜色里细如白瓷，鼻梁直挺秀美，透着一种飘忽的美感。我由衷叹道：“多谢公子良言，只是人生在世，有意的，无意的，又有几人真的可以事事问心无愧？我自小养尊处优，刁蛮惯了，现在才真正明白，人世间有这样多的波折，人与人之间又何必互相为难呢？”

明秋生定定看我片刻，展颜一笑，那笑容仿佛尘埃里沾满了前尘旧事的花朵，声音里却似有一丝凄怆，道："你说得真好。人生在世，又有几人真的可以事事问心无愧？可是为何伤害人的心中坦然，被伤害的却要饱受煎熬呢？"

我听他言语里有感慨身世的不平之意，看他模样，料定他是落榜了的书生，忍不住劝慰道："柳永不是说过，'明代暂遗贤，如何向？'哪怕是圣明时期，科举考试也不可能完全没有营私舞弊、遗落贤才的问题……做个才子词人，白衣卿相，岂不更是自在？"

明秋生听我这样说，微微一怔，似是有些触动，笑道："柳七风流倜傥，岂是我辈可比的。"我也扬唇，但笑不语。他歪着头看我，容颜俊美，问："你叫什么名字？"

"花想容。"我轻声答道。不知为何，与他聊了几句之后，我的心绪渐渐平复，竟隐隐有种相见恨晚之感。

"云想衣裳花想容，春风拂槛露华浓。若非群玉山头见，会向瑶台月下逢。"他折扇一挥，月下身影飘逸若仙，含笑低头看我，赞道："好名字。"

不知为何，碰触他眼波的瞬间，我的脸竟微微一红。长夜漫漫，此刻也快到了尽头，远处天边露出一丝浅白，明秋生看一眼天色，道："不早了，姑娘早些进屋歇息吧。"

我颇有些为难地看一眼房门，摇了摇头，老实答道："我不敢。"

他似是有些好笑，道："那这样吧，你上床休息，我坐在桌前守着你入睡，可好？"

我心中一暖，明知这样不合礼数，却又不想拒绝。不知为何，这个男子虽与我刚刚相识，却能给我一种安稳的感觉，我站起身，红着脸点了点头，道：“多谢明公子。”

一夜无梦。几日来我第一次睡得这样安稳。

四

醒来已是日上三竿，倦倦地走到内堂，只见明况和乐清已经等在那里。见到我，乐清微微一愣，迎上来问：“姐姐昨夜睡得好吗？怎么起得这样迟？”

我也不想瞒他们，将昨夜怪梦的事细细说了，只是将明公子的事略过不提。到底是男女授受不亲，虽然我与他光明磊落，可也没必要多生事端。乐清听了“朱琼娘”三个字后，脸色一变，露出欲言又止的样子。明况对她摇摇头，她便垂首不语。

我察觉自从那夜乐清与我一同上山采药，之后便总是露出这样的表情，忍不住问道：“乐清，我总觉得朱琼娘这名字似乎在哪里见过，你我姐妹，有什么事你不要瞒我。”说着我略带疑惑地看一眼明况，示意他不要阻拦。

乐清犹豫片刻，说：“容姐姐别误会，我们不是故意瞒着你的。只是那夜我在乱葬岗扶起姐姐的时候，发现姐姐不小心碰倒了一块墓碑，并且踩翻了一个骨灰坛……那时天色黑，我怕吓到姐姐，就没有说。至于朱琼娘这个名字……”她看一眼明况，继续说道，“其实明哥哥以前给我们一起讲过这个故事的，只是容姐姐不记得了。朱琼娘是清远出来的名妓，后来爱上了一个秀才，可那秀才中状元之后就要与宰相之女成亲……琼娘绝望之下便悬梁自尽，成了一缕冤魂……听说时常有人在夜里听到琼娘的哭声，也许因为在世之时太过冤屈，死后便阴魂不散吧……”

我想起昨夜墙上血淋淋的字迹，脸上不由一僵，强自问道：“难道……我碰翻的骨灰坛是？”

乐清也面色苍白，声音越来越小，道：“是……正是琼娘的。”她看我一眼，忙又安慰道：“姐姐不必惊慌，明日我陪你去乱葬岗祭拜琼娘吧，想必她不会怪罪的。”

我心下惊疑不定，胡乱点了点头。明况却握了握我的手，似是有些不忍，说：“算了，这几日你受惊过度，还是不要去了。我跟乐清替你去好了。”

乐清看了明况一眼，道：“为了姐姐，乐清自然愿意代劳，可是……只怕这种事旁人代替不得啊。”

明况顿了顿，颇为怜惜地看我一眼，没有再说话。

是夜，我看到在山上那日，黑暗中无数寒鸦扑棱着翅膀向我扑来的情景……我无助地后退，身后却是幽绿的鬼火，点燃了一片坟墓，化作一片碧绿的火海要将我吞噬……我猛然惊醒，原来又是梦。坐在床上喘息不已，窗子却忽然打开，一个空荡荡的白色人影悬在半空，缓缓向我飘来，黑暗中我看不清她的脸，只看见她黑洞一样的眼眶里流出殷红的两行泪水来……

我吓得闭上眼睛，动也不敢动，蜷缩在角落里浑身发抖……就在这时，房间里忽然亮起一盏烛火，明秋生站在桌边，颇为关切地看我一眼，将桌上的白花丢出窗外，又将窗子关好，坐到我床头，温言道："容儿，别怕，还记得我昨夜跟你说的话吗？不做亏心事，不怕鬼敲门的。"

我看见他，仿佛看到令人窒息的黑夜里唯一一丝光明，忍不住哭着扑到他怀里，哽咽着说："明公子，我好怕……我做了亏心事，我不小心弄翻了琼娘的骨灰坛……我……"从小从未遇见过的可怕之事都在这几日里发生，我再也受不了胸中的恐惧和憋闷，在他怀里泣不成声，他身上有薄薄凉意和浅淡的梨花香。他修长而泛冷的手轻抚着我的发丝，道："琼娘的传说你知道多少？对于顾明况和姚乐清，你又了解多少？唯有自己，才是真正可信的。"

我听出他话里有话，急忙抬头看他，脸上还挂着泪痕……心中却是一震，他的脸离得我这样近，煌煌烛火下他的肌肤几乎透明，玉色容颜俊美无俦，我忽然有些呼吸困难，他也低下头来看我，黑钻一样的眼中似是闪过一丝柔情，一点一点俯身向我逼来……

却只是在我耳边说："明天装病不要与他们出去，切记切记。"

五

乐清找我一同上山拜祭琼娘，我称病不肯去，反倒让她去城里帮我买草药。乐清神色有些不悦，终究也没说什么，依言去了。我将顾明况叫到我房里，倒了一杯茶给他，说："明况，我让乐清先回京城了，她未出阁，整日与我们在一起，终是不方便。”

顾明况神色微变，道：“嗯，你只管安排就是。”

我微微一笑，道：“是啊，其实你们早该跟我说的。乐清以为我要赶她走，这才跟我说了实话……你们的事我都知道了，明况，你瞒得我好苦。”

顾明况面色一僵，手中的茶盏差点打翻，忙站起身道：“容儿，你听我说……乐清她身世可怜，我一时把持不住才铸成大错，我……”

我凄然一笑，双肩一抖，便有一串泪水滚落下来：“顾明况，你承认得倒爽快。其实这一切我只是猜测，乐清也只是进城去替我买药……到底是做了亏心事，略一试探就什么都招了。”

顾明况脸色苍白，急忙过来扶我，说：“容儿，你我多年感情，我对你怎样你难道不清楚吗？这都是乐清的计策，其实我们无心害你的……”

我打断他，冷然道：“好一句无心害我。你怕我爹娘家世显赫，不敢贸然纳妾。不过是想将我逼疯，再将姚乐清娶进门罢了！”

顾明况神色凄楚，刚要再说什么，我颓然摆摆手，道：“算了，明况，什么都不必说了。”此刻我孤身在他们手里，权宜之下也不好与他翻脸，我咬牙道：“你与我青梅竹马，我对你如何你也该明白。日后我做大，她做小，这件事就此揭过吧。”

顾明况似是没料到我会这样说，眼波闪动似是凝泪，感激而又歉疚地退出房门。

这个夜晚，一如我初遇他那日。迷离月色下香雪如海，我坐在房里等明公子来，他却迟迟没有出现。时间一分一秒地流逝，我终于忍不住，说："秋生，我心里很苦，你何时才能来陪我说说话呢？"四周静寂无声，我又说，"我真的好傻啊。我娘告诫过我许多次要小心乐清，可是我却不信，还偏要将她留在身边……顾明况曾经说过，说他会做个好丈夫，一生一世照顾我。可是如今，那些话听起来就像是笑话。"我笑着流泪，"可是为什么……知道真相之后，我的心却并不为他而痛。我流泪，是因为我知道……我知道你根本不是什么管家的儿子。"

身侧似有一道白影闪现，我含泪抬头，只见白亮月光下，明秋生倚窗站着，凉薄春水一般的双眸里凝着一丝无法言说的心痛，语气却只是淡淡的，说："容儿，你都知道了。"

我泪流满面，自顾自地说："其实我早该想到的。顾明况居然知道乐清生母的祖坟在清远，作为解药的蛇草底下居然会有蛇，她送我的梨花有那么浓烈的香气……他们根本就是串通着害我的，但我若是早些发现……也就不会遇见你了……"

入我相思门，方知相思苦。这种心伤，心痛，绝望而刺骨，竟是从前从未体会过的。秋生没有再让我说下去，打断我道："其实我帮你，也是有求于你……你帮我做件事，算是还了我这份情吧。"

可是我的情呢，你又该如何还？我流着泪看他，却没有说出口，只是不住点头，摇得泪水都滴落下来，说："好。无论何事，我一定帮你做到。"

那日我靠在明秋生怀里，他骨子里的寒气让我周身不适，却仍是不愿离开他的臂弯。也是在那一刻，我忽然想起，明况过去的确跟我说过朱琼娘的故事。

而这个故事里负心的书生，名字叫作明秋生。

白衣胜雪的明公子，曾在月下与我谈论柳七的明公子，亦是传说中抛弃旧爱换取前程的明公子。

可是无论最真的他是哪一个，我都无法控制，得知真相时我绝望的心情。

“其实琼娘并没有死。她在这间屋子里杀了我，放出传言之后远嫁他乡。所以当我见到同样被所爱之人欺骗谋害的你，才忍不住要现身帮你。”明秋生背对着我，白色身影飘忽若雾，说：“我的魂魄被锁在这间屋子里。唯有人放火烧了它，我才能重获自由。”

我望着他的背影不住流泪，顿住良久，应道：“好……我知道该怎么做了。”

云想衣裳花想容，春风拂槛露华浓。

若非群玉山头见，会向瑶台月下逢。

其实那一刻，我真的很想问：“今日一别，你我是否连月下重逢都不能再企盼？自由与厮守，你在选择之时是否也曾为我而犹豫？”

迷离夜色中，你一袭白衣胜雪，折扇翩跹，远远望去似真似幻。

可是我开不了口，我不敢问出声音来。

因为我亦明白，人鬼殊途的道理。

可是当我举着火把站在院子里那一刹那，我还是忍不住问他：“如果我甘愿一生留在这栋房子里，你会不会跟我在一起？”

夜里沉寂无声，久久没有回答。

我咬破了嘴唇，颤抖着将火把丢到棚顶。秋日天干物燥，大火冲天而起，将漆黑夜色照得一片通明。

一寸相思，一寸灰。

尾 声

三人同来，回去的，却只有我与顾明况。

乐清病死在清远，一尸两命，她在姚家的地位可有可无，想必也不会有人追究。

男人的心何其凉薄，为他筹谋，为他背叛，甚至为他珠胎暗结，也换不回他狠心舍弃你的一颗心。真相败露之后，他毫不犹豫地在我与乐清之间作了选择。

因为选择我，就是选择了锦绣前程。

我如约嫁给顾明况。因为不是他，也会是别人。又有什么差别？

我一生中所有的情爱，早已随着那场大火，短暂而绝望地燃烧过后，无声地熄灭了。

醉花仙

当我第一次触碰他手心的时候，那种暖，那种身体里澎湃的激流，真的让我一瞬间以为，无论地位多么悬殊，无论爱上他会面临多少的苦难，这个男子就是我今生的良人，我不想，也不能再放弃了。

一

凌霄殿是天宫西北面的一处楼阁，四下云雾缭绕，日光渗透了白玉墙壁，远远望去如水色清浅。

我站在一众被选中的童女队伍中，手捧花盘，赤脚走在蟠桃园里蜿蜒的小路上，与其他人一样，难以抑制心中的欣喜，好奇地四处张望。西王母的蟠桃园云烟缥缈，人间口诵描摹的堂皇瑰丽，根本抵不上此处的万分之一。

这时，身前身后忽然传来童女们的惊叫，以及羽毛破空而来扑棱棱的声音。我回过头，只见一只神姿傲然的仙鹤低低掠过人群，长喙竟直指向我。本能地闪身避开，那仙鹤的巨翅又向我挥来，将我掠得一个趔趄坐在地上，我不由有些恼了，把手上的花篮朝它丢过去，道："喂，你这畜生，没长眼吗？"

那仙鹤乌溜溜的眼睛一转，再一次朝我扑过来。我回身跃到树上，轻旋间露出粉衫底下的红色纱衣，微一扬手，袖口里散出无数嫣红花瓣，飘飘然将那仙鹤围在其中。它一时间动弹不得，发出嘶嘶的一声长鸣，我迎风立于树上，得意一笑，说："让你这畜生再欺负人。"说着，手指轻弹，粉红花瓣立时竖立如刀锋，如雨一般向那只仙鹤刺去。

"庭香姑娘，若不是梵音'欺负'你，老夫可还认不出你来呢。"身后忽然传来一个笑吟吟的苍老的声音，话音还未落，围在仙鹤周围的红色花瓣在半空停顿片刻，忽然反往我的方向刺来。我一愣，纵身跃起一一躲过，盈盈跳落到地上，嫣红裙裾如绽开的花朵，在一众粉衣童女中煞是耀眼。

我转身面对着这个笑着捋胡子的老者，说："太白金星，您老人家养的仙鹤若是有您一半随和，天庭可就少了许多事端了。"

"听说三日之后就是庭香姑娘的出嫁之期，不知如今跑上天庭却是所为何事？……与龙三公子这桩婚事，是多少天庭女子求之不得的好姻缘，你本该珍惜才是。"太白金星摇头叹道，眉目间隐有几分慈爱之意。

我胸中一暖，抬眼望向他身后，却没有我心心念念的人影，心中微酸，道："我混进入选的众多童女中，就是想靠我自己争得在天界的一席之地……与龙三成亲，无疑是修真成仙的一条捷径，可是投机取巧，终是成不了大器。"

太白金星深深看我一眼，笑道："庭香姑娘的这番说辞似曾相识，真是越来越得二郎神君的神韵。"

乍从太白口中听到他的名字，我心中毫无预警地漏过一拍，此时我应该若无其事地询问他的下落，还是欲盖弥彰地一笑而过？太白万年修行，阅人无数，我的这些小心思，恐怕越是掩饰他看得就越清楚。心中百转千回，一时竟不知道该如何说下去，却听太白又说："二郎神君早已离开天庭。姑娘若是为他而来，怕是要失望了。"

我一愣，刚想再问，却听远处有声音清冽的小童唱道："西王母驾到。"太白金星回转过身，显是不想与我再多言，背对我道："趁旁人没有见到你，快快离去吧。"

我看一眼远处，西王母华丽灼目的金缕衣光芒万丈，众人簇拥之下，她的侧脸高贵而冰冷。我站在太白身后，忽然间有些明白了他身为一个长者的关切之情。我忽然开口问他："太白，你是不是早就知晓我的身份？"

所以他才会帮我，亦对我想凭借一己之力修真成仙的想法嗤之以鼻。

太白金星却没有回答。他走向西王母的方向，说："二郎神君，你见不到他了。"

二

我拂袖离去，其实我又何尝想留在这冰冷的天庭。若不是为了他，我也不会有修真成仙的念想。但一想到杨戬毫无缘由地离开了天庭，心中便有些忐忑不安。

与他初见，是在华山九灵洞附近的小客栈里。

山间寂谧无声，午夜人静，我推门而入时只有一盏烛火煌煌，散发着橘色暖焰。小二睡眼惺忪上前来说:“对不住了客官,小店没有房间了,您往别处去吧。

我转头不理他,径自坐到前堂的木桌旁,懒懒说道:“给我拿壶酒来。”蓦一抬头,只见一个寂寥人影坐在我正前方,一袭白衣,背影清华。烛火将他轮廓分明的侧脸映在墙上,一室橘辉,煌煌晃动。

小二又一脸无奈地跑过来:“对不住啊姑娘,小店没有酒了。”

我有些不耐烦,一指前方,道:“他那儿怎么就有?你怕本姑娘没银子给吗?”小二见我恼了,急忙嗫嚅着赔罪。我站起身径自走到前面的桌旁端然坐下,十分无赖地说:“这位公子,长夜漫漫,岂可独享月色与美酒?不如让本姑娘为你分担。”说着,不由分说地端起酒壶,为他与自己各斟一杯,一饮而尽,胸腔里的寒意这才微微减退了些。

白衣公子抬起头来看我,一双黑眸竟如深潭静水,潋滟袭人。眉宇间却有一种英飒杀气,让我心头无端一跳。他垂目不再看我,默默饮尽杯中酒,白袖掠在桌面上,映衬着一室橘辉,眉间似有一丝雾气般的轻愁,浅浅淡淡地缠绕不休。

我帮他斟酒,随即自斟一杯,他饮了,我亦跟着怅然饮尽。时光如水,店小二早已不知踪影,整片天地仿佛只剩下我们两个人,没有对白,甚至没有对视,只是无声地伴着彼此,对影成双。

不知道过了多久,我有些醉意,站起身走向桌边,一把推开对页的两扇窗,卷着花香的冷风迎面袭来,窗外是一片开得正艳的牡丹花。一轮月色美不胜收。我歪头靠着窗棂傻笑,心底里却有些许醉意,想到被九灵洞三大王掳走的姐妹红凌衣,幽幽念道:“对花无语花应恨,直恐明年花不开。”

花香随风飘来，一室芬芳，寂静得仿佛可以听见月光洒下来的声音。蓦一回头，却见白衣公子不知何时已经走到我身后，轻声道：“姑娘这句诗虽然深情，可是太过希冀。也许唯有没有希冀，这些花才可以美丽得没有负担。”

我一怔，没想到他竟有这样的见地。酒气混着花香，我醺醺欲醉，斜倚着窗棂，挑眉道：“公子这样说，可是有更好的诗作吗？”

“闺中莫妒新妆妇，陌上须惭傅粉郎。昨夜月明浑似水，入门唯觉一庭香。”他上前一步，面朝一望无际的牡丹花海，冰玉瞳仁里有清浅的笑意，让我一瞬间愣在原地。

庭香，我的名字，从未想过会有人在这样的场景下将它脱口而出。我怔怔地看着他，英俊脸庞上挂着些许醉意，一双明眸映照着满庭盛开的白牡丹，灿烂如雪。我一时竟看得痴了，忽听耳边掠过一阵呼啸的风声，白衣公子脸色一变，直直望向我身后。我直觉身后有人，下意识地回手一挡，一把抓住了那根抽向我的皮鞭，头也不回地说：“你这獾子精，我还没去寻你，你倒先来与我为难！”

那人手上一加力，将我凌空抛出数丈，半空中我急忙松手，轻盈落到地上。还没站稳，他一鞭子又抽过来，狠道：“敢对九灵洞不敬，本王岂能容你！白庭香，今日你别想走出华山！”

我随手举起一张桌子扔过去，一脚踩住他的长鞭，狡黠一笑，说：“我也没想走出去啊……跑出去不也是一样吗？”

獾子精一愣，瞪大了眼睛看我。白衣公子却不由失笑，悠悠倚在窗边看我，一副事不关己的模样。于我，他的目光似乎有种温度，让我无端脸颊发热，我飞快瞥他一眼，又转过头来，正色道：“公子你快走，跟我打架的这个并非是寻常人。我不想吓到你，更不想伤及无辜！”

白衣公子一动未动，獾子精却冷笑一声，道：“小烈女白庭香也会动春心？这厢妨碍本大王的好事，那厢倒养起小白脸来了！”说着便一鞭子抽向白衣公子，我急忙挡在他身前，用右手死死抓住鞭梢，说：“你我的恩怨，莫要连累旁人！”说着左袖一挥，半空中腾起无数红色花瓣，齐齐如箭般朝他射去。獾子精到底比我高出几百年的道行，一一轻松避开，看我的眼神多了几分狠意，鞭鞭只取白衣公子，我一边护着他，一边艰难还击，渐渐便落了下风。

白衣公子却不似寻常人，见了妖术并未大惊小怪，反倒安之若素地站在我身后，一脸好奇地看着我与獾子精打斗。倒真是个胆大的人啊，我用五色花瓣迷住獾子精的眼睛，于百忙之中苦笑着看他一眼，说：“别看热闹了。你若再不走，怕是我也护不住你了。”

白衣公子歪头看我，一双眸子清清如水，道：“萍水相逢罢了，你为何要护着我？”

此时我与獾子精斗得正酣，却一时被他问住了。是啊，我为何要护着他？侧头看他一眼，心中也有些迷惘，却忽然被獾子精的皮鞭勒住了喉咙，他环着我，狠狠拈起我的下巴，轻浮说道：“红凌衣与我两情相悦，你看着妒忌，所以才百般找我麻烦吧？白庭香，其实如果你乖一点，本大王也不介意收了你。”

我气得跺脚，狠狠踢他一脚，说：“你强抢我姐妹红凌衣，现在还敢说风凉话！真以为你们九灵洞的九只老妖可以无法无天吗？”

獾子精修得一副仙貌，生平最恨别人说他是妖，气急之下一爪狠狠扣向我天灵盖，我下意识地闭上眼睛……预想中的痛楚却没有落下来。

我睁开眼睛，只见白衣公子用一根手指格开了他的爪，很近地站在我面前，玉色容颜绽放着高高在上俯视众生的光辉。额头上赫然开着一只天眼，金光万丈。獾子精惊恐地看着他，眼中有惧色与敬畏，忽然跪地不住磕头，说：“小人无心冒犯，请二郎神君恕罪，恕罪啊……”

二郎神君？我难以置信地抬头看他，这位面容清俊的男子，便是传说中天界的司法天神，肉身成圣，封清源妙道真君的二郎神杨戬么？

我双腿一软，一时竟跌倒在地上。眼看九灵洞三大王在他天眼之下无比狼狈地现出原形，化作一只硕大的棕獾。那么，我这个末路花妖，又会有怎样的下场？

我瑟缩在角落里，连抬起头来都不敢。良久，只见他收起金光万丈的天眼，一双清水眸子竟一如方才的温柔，他微笑着朝我伸出手来，说：“你叫庭香是吗？我回去上报天帝，说你助我剿灭华山九灵洞众妖，赐你脱离妖籍，可好？”

三

我站在天庭的角落里，听着众人对王母娘娘的赞美和膜拜，叹口气刚想要离去，却忽有一个梳着双环髻的小童冲到我面前，扑通一下跪下，道：“庭香姑娘，求你救救我家主人！……事到如今，也只有您能救他了！”

竟是杨戬身边的哮天犬。我一怔，急忙俯身扶他，说：“你家主人怎么了？……你慢慢说给我听。”

三年前那一日，我将指尖放入杨戬的掌心，任他将我轻轻扶起，任他带我去铲平华山之巅的九灵洞。其实当我第一次触碰他手心的时候，那种暖，那种身体里澎湃的激流，真的让我一瞬间以为，无论地位多么悬殊，无论爱上他会面临多少的苦难，这个男子就是我今生的良人，我不想，也不能再放弃了。

……直到，我看见他初遇红凌衣时惊艳的眼神。——我拼了性命也要从九灵洞獾子精手中救下的，与我同是牡丹花妖的好姐妹，红凌衣。

哮天犬跪在地上不肯起来，我只好单膝蹲在地上，道：“你家主人的事就是我的事。你告诉我，他到底怎么了？”

哮天犬忽然哭了，我第一次看见这个狠辣刚硬的连日头都敢吞的天狗这般零落地哭泣，他说：“主人因为沉香救母的事而被西王母误会，如今正被压制九华山下，日夜承受着火炙之苦。红凌衣早已不知去向，哎，我早说主人选错了人……”说到此处，哮天犬急忙噤声。

我心中凄楚难言，还是咬着唇道：“……我要怎么做才能救他？”

哮天犬有些为难，似是代替他的主人有愧于我，半晌，轻轻吐出三个字:“宝莲灯。”

后来我才知道,我与杨戬初遇那日,是龙四公主的大婚之日。他眉宇间的雾样轻愁,如丝般纠缠绵绵,都是为了她。所以他才会与我赏月饮酒,对影成双,所以他才会说:“闺中莫妒新妆妇,陌上须惭傅粉郎。昨夜月明浑似水,入门唯觉一庭香。”这诗句从他口中说出,不只是在歌咏牡丹,也是在若无其事地慨叹那一段求之不得的爱情。只是碰巧包含我的名字,从此成就了一个最无辜的我,只能痴痴地望着他的背影。

杨戬带着我和红凌衣一起回天庭。他们二人时常走在一起,我被落在后面,只好跟哮天犬打打闹闹地往前走。当我为即将脱去妖籍而沾沾自喜的时候,红凌衣却对此表现得相当冷淡。只是柔弱而多情地叫他:杨大哥,杨大哥。我承认我是个嫉妒心重的女人,因为每当她这样叫他的时候,我总会冷着脸讽刺她几句。红凌衣便会脸红,面带羞赧地垂下头去。每到这时,杨戬便会瞥我一眼,低声地过去安慰她。

有时候我也会自责。红凌衣是红牡丹,我是白牡丹,自小一起长大,一起修炼成妖,本是同根生,何必为了一个男人而葬送昔日所有的姐妹之情。感情这回事,本就是得之我幸,不得我命。倒不如索性祝福他们,为好姐妹的幸运而开心。何况,红凌衣纵使可以与杨戬双宿双栖,日后也必会有她的惆怅。

因为对于杨戬来说,她也不过是个替代品。哮天犬是个话痨,他除了告诉我龙四公主的事,也告诉我红凌衣与龙四有着相似的容颜。所以当他第一次看到她的时候，眼中才会有那样深邃的惊艳。

“宝莲灯……”我轻声重复道，自嘲笑道：“要取宝莲灯，就势必要嫁到东海龙宫。看来我与龙三的姻缘，果然是天命不可违。”

哮天犬看我一眼，小心翼翼地说：“姑娘你……真的不怨我家主人吗？”

我微微一怔，强忍着不经意被触动了的心酸，笑道：“你先回去吧，免得惹眼。三日之后，我带宝莲灯去九华山。不见不散。”

哮天犬迟疑地看我，终是转身去了。我回过头扶着树干，一瞬间竟有些站立不住。眼眶里打转的泪水应声而下。喃喃说道：“我不怨他……我怎能不怨他？不过是仗着我喜欢他吧。纵使是再怨再恨，我又能拿他怎么样？”

蓦一抬头，却只见太白金星的那只仙鹤梵音正踱到我面前，一双黑目滴溜溜地打量我，神姿依旧傲然，却多了几分探究。

我沿着树干缓缓坐到地上，低头哭泣并不理它。

杨戬，我应该比谁都怨恨你的，是不是？

四

九灵洞被灭之后，众妖闻风丧胆，二郎神君的威名一时无人能出其右。不知是因为狐假虎威，还是处于某种为他骄傲的微妙情愫，我那日很开心，提议在回天庭之前一起饮酒赏月，也算是一场告别。

因为我知道，一旦回到天庭，不但是我与杨戬的终点，也更会是红凌衣与他的终点。毕竟，神妖殊途。所以我的提议得到了红凌衣的热烈响应，她说会亲自为我们做几道小菜，杨戬见她如此，也应承会去跟附近的山神土地要几坛好酒。看着他们一副夫唱妇随的模样，我反倒觉得无趣，独自一人跑到僻静的地方顾影自怜，再回来的时候，却再见不到他们几人的踪影。

月色苍白，晚风卷来一阵凉意，我无端有种不好的预感，放轻了脚步，小心地走入前方的黑暗。前方开阔处，只见一条小溪闪着银色的粼光，潺潺流过，照亮了溪水旁的两个人。杨戬微闭眼靠在红凌衣怀里，额头上攥着一朵牡丹花样的印记，衬着他如玉容颜，有一种说不出的妖娆。我上前一步，不由大惊失色，失声叫道："凌花降……你居然给他下了凌花降！"

红凌衣抬起头来看我，美艳的脸上挂着一种不同往日的表情，扬唇一笑，说："白庭香，我知道你喜欢他。如今正好你得不到，我也不想要。你走吧，姐妹一场，我也不想杀你。"

我一愣，胸中涌出一阵恼怒的酸楚，一挥右手，四周腾起无数花瓣，我说："好大的口气。我既叫你一声妹妹，自是从小就胜你一筹。你快给他解降，我便不再追究。"

红凌衣嗤一声笑了，说："示弱并非真弱，逞强也不是真强。枉你出身比我高，天资也比我好，却连看人都看不透啊。"说着水袖一挥，无数朵红牡丹从半空中如雨一般刺向我，我倒在地上，歪头却看见昏倒在远处的哮天犬，我强自抬起头来，虚弱地问："你在酒菜里下了毒？"

"不然呢，你认为我有本事制得住杨戬吗？"红凌衣轻抚着杨戬的长发，眼中闪过一丝决然狠意，道："你不要跟我说什么他爱我这样的假话。他对我的好，根本是因为龙四公主，你以为我不知道吗？何况天条森严，神妖殊途，难保他不会有一日厌弃了我。说到底，自己变强才是最重要的。"说着，她轻抚杨戬额头的凌花降，嫣然一笑，道："凌花降是道行高深的花妖才会的绝技，可是你却很早就会了。白庭香，我与你不同，你身体里有一半高贵的血液，而我，我只能靠我自己……我知道你痴情于杨戬，倘若不忍见他与我肌肤相亲，便快些自行了断吧。"

说这话的时候，她看也没有再看我一眼，我颓然地倒在地上，原来一直以来，红凌衣对我都有这样的怨愤。我的身份，我原本深深引以为痛，她却觉得那是我比她优越的地方。我倒在地上，佯装奄奄一息地说："凌花降我的确是很早就学会了，可是我一次也没有用过。因为我不会用牺牲别人的方式来成就自己。凌花降虽有个好听的名字，可不过是采阴补阳的一种妖术。你一旦用了，又与九灵洞那几只劣等妖怪有何分别？"

红凌衣轻蔑一笑，哼了一声说："最讨厌你与我说教。神仙自诩高高在上，其实也一样有欲念。他本来就喜欢我，两情相悦有何不可？这只不过是让我得了他的真元而已。"

说到这里，红凌衣脸上有一丝神往，说："二郎神君的真元，可抵寻常小妖万年修为，得到了它，谁还在乎什么脱离妖籍，修真成仙？"说着，她低头吻向杨戬的鬓发，我心中涌起一种难言的心酸，猛地站起身挥出无数雪白的牡丹花瓣，每一片上都凝结了我的真元，羽箭一般向红凌衣刺去。红凌衣闪避不及，片刻间已被钉在地上动弹不得。我走过去扶起杨戬，蹒跚着往森林深处走去，看也没有再看红凌衣一眼。

因为她不配。

不知道走了多远，森林深处是一片开阔的草地，圆月当空，四周仿佛都蒙上一层浅浅的霜。我终于体力不支，抱着杨戬栽倒在地上，唯一所能做的，便是飞快地在草地上变出一层厚厚的花瓣，好让我们不会跌得太痛。怀中的杨戬却缓缓苏醒，眉心那簇凌花降的颜色愈加深了，我低头看他，这样这样的近。

可是却碰触不到，接近不了，刚刚伸出指尖，便好像会打碎这个梦……谁又能救赎我为他痴迷的一颗心呢。不曾爱过，亦不曾痛过，所有的心思和生命，在遇到他的时刻苏醒，汹涌如潮。只是他却，视而不见。

月色霜白。杨戬忽然吻向我的唇，冰玉瞳仁中有迷离的欲火，他抱住我，那样那样的暖，一如我第一次碰触到他的掌心。我想拒绝，可是我不知该如何拒绝。红凌衣不必指望，此刻唯有这个方式可以替他解降。那一刻我在心里问自己，这样冠冕堂皇的理由下，我就没有自己的一点私心吗？

真有……这么爱他么？

以至于这样卑贱、渺小，甚至乘人之危。我的泪和他的吻，雨点一般洒在我的脖颈和肩膀，身下的花瓣细腻如丝绸，他的呼吸如绒毛，一漾一漾拂在我脸上。

我没有选择，没有办法，只能这样沦陷，哪怕明知只有片刻的厮守。

五

怪不得太白金星会说，与龙三的婚事是一桩好姻缘。我想世上任何一个女子，神也好妖也好，都会想拥有这样一个盛大的婚礼。

新娘凤冠上镶着十二颗同样大小的镇海夜明珠，香车宝马，十里红妆。

我自嘲地想，无论龙三太子是个怎样的人，能给我这样的排场，我想我也应该知足了。哪知挑开我喜帕的却是一个白皙英俊的脸，一双乌溜溜的眸子似曾相识，我歪头看了他一会，终是想不起来在哪见过，他却扑哧一声笑了，说："白庭香，你不认得我了吗？"

我一愣，分明是个陌生的男声，可是表情却更加面熟。他挺直了身体，做一个傲然的表情，笑着说："是我啊。"

我惊讶不已，终于发觉他像极了太白金星那只一脸倨傲的仙鹤，但又有些不敢相信，说："你……你是梵音？"

龙三哈哈一笑，说："原本我也是想逃婚，刚跟父王学会三十二般变化，索性就变成仙鹤去太白金星那玩两天。……没想到竟会遇上你。"他沉下脸庞，有一丝浅浅的羞涩，说："这一生，我会好好待你的。"

我一时间愣住了，因为从未有人跟我说过这样的话。我定了定神，一开口却说："我只是个没有法力的花妖，你可知道王母娘娘为何会将这么好的你赐婚给我?”我眨眨眼睛,继续说道:“其实我是她的私生女,被扔在人间几百年……我,我的身份很尴尬,你娶了我,会被别人笑话的,你干吗不拒绝呢?”

也许是因为太久没有人对我好,所以一旦别人对我好的时候,我就会想揭开疮疤,让他看到我全部的丑陋来。免得又是,一场相遇,一场空欢喜。

龙三忽然掩住我的口,眼中有隐约的怜惜,他说:“庭香你不要说了,我都知道的。我甚至也知道,你是为宝莲灯而来。”

烛火煌煌,映得他一双眼晃晃如春水,他说:“你要什么我都会给你。因为你是我龙三的妻子。”说着,他伸手将我的头按向他的肩膀,一片夺目的红色中,我酸涩地闭上双眼,无端地落下泪来。

凌花降被我所解,却也让我得到了杨戬毕生的真元。但我醒来的时候,红凌衣正一脸憔悴地依偎在杨戬怀里,哭得不似人形,她指着我的鼻子说:“白庭香,你好狠。杨大哥对你这么好,你居然为了真元而对他下凌花降?现在他的千年修为毁了,你开心了?”

我想起昨夜,心中百转千回,却在看见杨戬冰冷目光的时候心如死灰。是啊,陪他过夜的人是我,得到他真元的人也是我。又如何能让他相信,向他下降的人是红凌衣呢?我定定地望着眼前这个人,心伤,心碎,又如何能形容我现在心情的万分之一。心痛到了极处,反倒不想解释,只是背过身冷笑:“是啊,这一切都是我策划的。如今你的真元已在我体内,你能把我怎么样?”

杨戬目光里划过一丝沉痛，声音几乎微不可闻，他说："白庭香，是我看错了你。"一字一句，都像用刀刻在我心上，我再抑制不住心中的酸楚，猛地回过头来，流着泪狂笑，说："是啊，是你看错了我。一夜夫妻百日恩，我还给你，我都还给你！"

我张开双手，一头长发冲天而起，生生从体内逼出了一颗夜明珠大小的纯色真元，里面不但有他的毕生修为，亦有我的。我猛地前倾身体，将那颗真元打入杨戬体内，半空里绽出层层金色的珠光。

我虚弱地瘫倒下去，我以为一生就这样结束。

尾　声

龙三说，宝莲灯是东海龙宫镇海之宝，若是要拿走，你须要用你的一生来交换。说这话的时候，他脸上有三分玩笑七分认真，我点头应了，心中云淡风轻。

其实连我自己也以为，我此生是不会原谅杨戬的。他那天几乎逼死了我。哪知我却被西王母派人偷偷救起，带回天庭赐婚给了龙三。

想必身为一个母亲，无论是否狠心，她都希望我有个好归宿。

我将宝莲灯交给龙四公主的时候，她眼里有满满的希冀和感慨，以及一丝歉疚和担忧，她长得与红凌衣很像，却更有一种出尘尊贵的气质，她垂目看我，说："庭香，谢谢你。"

其实她亦是爱着杨戬的，只是她在龙宫身份低微，不敢违逆龙王的意思。如今她的夫君已在一场战争中离世，再无人会阻碍她与杨戬的姻缘了。

我扬唇一笑，说："去九华山吧。救出杨戬，不要再让他受苦……至于宝莲灯，就说是你自己为他求来的吧。"

龙四公主怔住片刻，点头应了。

对花无语花应恨，直恐明年花不开。

昨夜月明浑似水，入门唯觉一庭香。

他的故事里，从此不再有我。

鸳鸯梳，凤玉血

世人皆仰望天庭。幻想着那是如何华丽飘逸的琼苑楼阁。

我站在瑶池正中，有如丝如缕的云彩自东门不绝而出。那是王母的帷帐，每当她看见不想见的人，那流云就会飞溅出来。

她说："晚倾，人间有人间的定数，天庭亦有天庭的规矩。岂能事事如你所愿？"

我抬头仰视她的面容，说："七公主痛苦一生。晚倾便为她蹉跎七世。如今，只求一朝如愿。"

一　千种情怀付谁说，桃花折，幽香无处消宁

京城里人人都在传诵，宁阳公主如何貌若天仙，母仪天下。自请去苦寒北地与突厥和亲，只为大周子民得享清平。

也有人小声嗟叹，我大周堂堂礼仪之邦，如今却要以一个女子的终身来换取和平，倒像是怕了那突厥蛮夷。

话说到此处，勾栏瓦肆中的穷酸儒生便一片沉默。随即就把这沉默，化作对宁阳公主的敬仰和称赞。

我坐在明黄的轿子里，沉默地穿过京城的每一条街市，听着这些或好或坏的传言与猜测，浅笑，不语。

还记得昨夜，母后在寝宫里抱着父皇哭泣，她说："倾儿还那样小，你怎么舍得让她一个人孤零零嫁到野兽群里去？她是你的亲骨肉，你

怎舍得与她一生再不相见?”

父皇似是有些动摇,一转头,就看见站在门口的我。

我上前盈盈跪拜,长裙似花朵层层妍丽,我说:“父皇,倾儿愿意嫁到突厥。请父皇成全。”

父皇忙上来扶我,我第一次这样清晰地看见他花白的鬓角。他说:“倾儿,苦了你了。”

我笑着摇头,伸手展开他已经爬了皱纹的额角。忽然觉得,上天是如此地善待我,不但赐我倾国容颜,一世荣华,还赐给我那样疼我爱我的一双父母。

以及,那一段金玉合璧的好姻缘。

没有人知道,我是如何急切地想要嫁去突厥。

我记得那个穿兽皮的俊朗少年,他叫云抑,他曾在满树繁花之下吹羌笛给我听,他说:“我从未见过像你这样的姑娘。总有一天,我要将你带走。”

年少骄傲的我脸一红,转身不再理他。

时光远去,旁的我已记不清楚。只记得那个柳媚花娇的夏日,海棠花嫣红似火,云抑的羌笛婉转如莺,年少的耳鬓厮磨,轻易就让人把彼此的心交付。

云抑走时,我将姥姥传给我的鸳鸯梳送给他。那是一把晶莹剔透的白玉鸳鸯梳,把手上镶着一颗水滴形的凤血石,就像一滴殷红的泪。

我说这是乡间的风俗。当一个女子将鸳鸯梳相赠,就意味着她愿意与你比翼双飞。

比翼双飞。说到这四个字的时候，我的脸陡然发烫，仿佛浑身的血液都凝聚到双颊。他接过，也不言语，只是用那样的目光看我，深深的，仿佛恨不得一眼就望穿了前世今生。

他说："倾儿，此生，我定不负你。"

那是我听过最美的一句承诺。彼时，云抑还是个不得宠的少年，他的父皇子嗣无数，储君之位原本断不会落到他身上。可是七年之后，就在昨日，我拆开那封了火漆的信件，看见他熟悉的字体，就仿佛他出现在眼前。

随信而来的，还有那只鸳鸯梳。

他说："迎娶你的人是我。倾儿，我终于等到这一天。七年来的努力终于没有白费。七日之后，我便会在我为你建造的宫殿里，在喜礼上亲手从你手上接过这把鸳鸯梳。我们就再也不会分离。"

一切都那么顺理成章。我仿佛看见眼前的幸福，如云一般浓厚绵长。却几乎忘记了，儿时曾有术士为我批命，当父皇问起，他却支支吾吾地不肯说。

再三追问，才说："公主八字里贵重福薄，乃是芦苇琉璃之命。所谓芦苇，头重脚轻，境遇蹊跷。所谓琉璃，美丽易碎，贵不可言。公主十六岁时会有一劫，倘若能挺过去，此后便会一生鸿运，万世景仰。"

父皇急忙追问，要如何，才能躲过那一劫？

术士蹙眉，道："公主掌纹贯穿一抹仙灵之气，却又幽怨至极，不似仙家，亦不似妖魅。天命如何，恐怕还是看她自己的造化。”

父皇大怒：“一切都听天由命，朕要你等何用！”说罢，便命人将那术士拖出去斩了。

从小到大，父皇将我捧在手心，生怕一朝会应了那预言。直到我平安喜乐地长到十六岁，众人才渐渐松口气，把这件事当作笑谈讲给我听。

可是我怎么舍得死？我怎会舍得这么多爱我的人，还有这万里江山？我笑，盈盈坐于铜镜之前，拔下髻上的珠钗，用鸳鸯梳一下一下地梳着长发。

一梳白头偕老。二梳举案齐眉。三梳儿孙满堂。那喜礼上喜婆常说的话，不知怎的就忽然出现在我脑海中，我的脸忽然殷红一片。

小腹忽然一阵剧痛，唇角缓缓有血丝流下。我看见自己的眼睛，那么不甘，那么难以置信，可是我没有办法。

握着鸳鸯梳的手却骤然一抖，鸳鸯梳坠在地上，那泪形的凤血石衬着无瑕白玉，更显得璀璨深红。

二　雨道红鼓声，白马喜绸系，帘起红妆凤凰卿

五月十五，便是宁阳公主出阁的日子。晴光阁里张灯结彩，人声鼎沸，父皇和母后的龙凤鎏金车一到，四下立刻静寂无声。

他们亲自送我坐上喜轿，在轿帘落下的一刻老泪纵横。我握紧了

手中的鸳鸯梳，不忍心再看下去。

这是突厥的风俗。新郎在礼成之前不可来女方娘家，免得在一接一迎之间走了回头路，坏了彩头。所以从中原到突厥的漫漫长路，要靠我一个走过。父皇派了许多侍卫护送我，大红的喜轿两旁，可以看见浩大而肃穆的两排仪仗，铁甲长枪给这喜礼平添了几分煞气，同时也提醒着我，此次路途是如何的艰险。

如今世道动荡，大周北与突厥联姻，西南方却有苗、商两族虎视眈眈。甚至夹在大周与突厥之间的小国楼兰，都曾仗着国民富庶团结，不肯再向大周低头朝贡。

可是如今，我以大周长公主的至贵身份与突厥未来的储君联姻，一切都将不同。两国联手，就再也没有外敌可以摇撼我大周威仪。

忽然觉得，市井的传诵也并非无道理。我所做的一切，固然是为了自己，可同时也为了大周子民，永享清平。

大漠孤烟，长河落日。一路上所见，都是与中原完全不同的风景。傍晚起了风沙，送亲队伍在路旁的山石后面避了几个时辰，再行进的时候，天空晴得近乎虚假，眼前一览无余，我却忽然不想再走下去。

“停轿。”我轻声说。拨开坠着玛瑙流苏的殷红轿帘，拖着繁复绝丽的大红喜服，我朝身侧的戈壁走去。

“公主，那后面就是悬崖，您要小心……”侍卫担忧地说，我却泰然示意他不要再说下去。

这是如何难得的风景。夕阳与新月并存，天空是一簇一簇的紫色，华美幻丽得不似人间。远方有一抹墨色由天边一点一点蔓延开来，像有人握着画笔，描绘着鬼斧神工的大好山河。

我走到悬崖边，任风吹动我红艳拖沓的长裙。摘下凤冠临风而立，珠玉碰撞声中，一头长发在风中如墨雾飞舞。

“纷纷世事无穷尽，天数茫茫不可逃。”我扬手，将凤冠丢入黄沙之中，幽然叹息。此时天高地广，皓月当空，任谁也不能不感叹自身的渺小。

忽然，远处传来砰的一声破空之音，一根羽箭直奔我心脏而来，我一愣，想要避开，却已是迟了。

眼看那箭就要刺入我身，半空中忽然出现另一支箭，将射向我的羽箭打落在旁。我不由后退两步，一转头，才发觉身后火光大盛，一群山贼模样的人握着火把站在戈壁，人头攒动，不下数万。一众护送我的侍卫已经尽在他们掌控之下。

为首的男子上前两步，浅笑着看我。白衣皎洁不染纤尘，一双美目顾盼生辉。璀璨星空之下，竟飘然若仙，气度雍容。此人本就不似凡人，很难让人将他与身后那群乌合之众联系在一起。

他走近我，那笑容净如云染，他说：“宁阳公主，久仰大名。我一直都好奇你是个怎样的人。上次你微服出宫，我在你轿子里下了重毒，三日之后，连马都毒死了，可是你却安然无恙。——现在想来，那或许是因为，老天也垂怜容貌绝丽的女子，不忍看着倾国名花没入尘土吧。”

我坦然迎视他的目光，也不答话，只是淡淡说道：“放了我的亲随，我跟你走。”

他一怔，随即伸手轻抚我的脸，手指冰凉，促狭笑道："你当然得跟我走。方才救你那一箭，可是我射的呢。"

我微微一愣。

"好一句'纷纷世事无穷尽，天数茫茫不可逃'。因为这一句，我便留下你。"他仰天长笑一声，转身走开。几个随从上前将我围住。

所站之处留下一片幽然的兰香。

三　百般契诺由君落，鸳鸯散，怜见双燕双咛

荒漠里简陋而整洁的石屋，似是过去帝王废弃的行宫。我坐在桌前，第四十九次翻阅那本破旧的《诗经》。

良久，我合上书，望向门口。

我知道他早就来了，傍晚的光线自他背后照来，将他俊逸身子拓成影子，绰绰地倒映在背后的石墙上。

他说："宁阳，你真是越来越让我觉得不可思议。"

我亦忽然觉得有趣，笑笑，伸手指指旁边的木凳，反客为主地说："公子请坐。"

他一怔，随即微笑落座。轻声叹道："将你抓来数十天，你不哭，也不闹，反倒安之若素。只给你一本《诗经》，便可让你如此安静吗？"

我又笑，道："那么依公子所言，我是该哭，该闹，还是该悬梁自尽？……如果这些有用的话，你也不是贺兰雪了。"

他的眸子一瞬间精光大盛，可是飞快恢复如常，娴雅挑眉道："你知

道是我?”

“大周一旦与突厥联姻,夹在中间的楼兰小国便将再无生存余地。所以,最不希望大周与突厥联姻,又熟悉沙漠地形的人,应该就是楼兰。何况,传说楼兰皇子贺兰雪有天人之姿,流亡在沙漠中,落草为寇。要猜出是你,也并不是很难。”

他的眸子冷然看我,看不出半点喜怒。

“……其实如果没有你,楼兰怕是早就亡了。”我转过头,假装没看到他布满阴霾的双眸,“突厥于去年与楼兰开战,楼兰虽然富庶,人丁却是稀少。倘若不是出了一个杰出的皇子贺兰雪,恐怕全族的人都已经被突厥俘虏。”

“你知道得倒清楚。”他的声音喜怒莫辨,整张脸在阴影里,神色似乎异常凄厉,“俘虏? 那倒算好的。你可知突厥铁骑,连老弱妇孺都不曾放过? 单是我贺兰皇族的血,就足以染红半片沙漠。”

这一刻,我望着他的眼睛,于那一刹那看见他眼眸深处的悲苦,心口忽然莫名一窒。

“他甚至杀了我的未婚妻。”他的声音忽然轻起来,“她是那么善良的一个女子,手无寸铁。”说到这里,他猛然抬起头来看我。

我被他的目光逼退,起身后退两步,难以置信地摇头,说:“不会的,云抑他不会那么残忍。”

贺兰雪凝视我片刻,神情缓缓松弛下来,像是自嘲一般道:“成王败寇,也没什么残忍不残忍。我不杀你,其实也并非怜悯。而是因为你有更好的用途。”说完,他便恢复往日华丽轻盈的笑容,转身走出门口。

窗外月华如水，荒漠开阔，繁星闪烁。

我不知出于怎样的心思，忽然开口叫住他："贺兰雪，你不要走。"

他的身影一顿，缓缓转过头来。

"乱世桃花逐水流，你以为凭我一介女子，便可要挟得了突厥?"我走近他，娓娓说道，"突厥人骁勇善战，日益不把大周放在眼里。这几年他们西征西域，东取楼兰，若非耗费太多人力财力，你以为他们会答应跟大周联姻？你若利用我去杀突厥皇子，也不过是替他们找个他日与大周宣战的借口。"

他沉默片刻，忽然笑了，道："你贵为公主，真是出人意料的聪明，连口才也玲珑大气。可是你以为，凭这一番话，我便会放了你？未免也太天真。"

我忽然疲惫，靠在窗棂上，由衷叹道："我只是不忍看到生灵涂炭。"

夜风吹散我的素白衣裙，窗外星夜低吟，宛然如歌。一颗流星璀然划破夜空，留下一道幽亮轨迹。我不禁看得出神片刻。再一转头，贺兰雪不知何时已经走近我身边。

我诧异地看向他的眼睛，四目相对间，胸口忽然莫名一震。他的眸子幽深璀璨，光芒甚至盖过漫天繁星。

然后，他忽然捧起我的脸，细细地吻。

也曾目睹过许多爱而不得的痴缠情事。世间男女，痴痴恋恋，外人看来，总是不懂为何。

为何宁冒天下之大不韪，也要抓住彼此的手。

为何明知前路铺满荆棘，千不该万不该，却也无法放手。

民间传说董永与七仙女终于挣脱天庭的束缚，厮守一世。可是传说，终究是传说。

我知道不该对那样一个人心动。

可是我，没有办法。

四　亭下素鞶湿，路人断魂处，只道琵琶声声凉

囚禁我的已不是冰冷的石屋。我重新走上喜轿，重新穿戴上凤冠霞帔，大红的喜服在大漠荒烟重翻卷，纷飞似云。贺兰雪和他的人装成送嫁的队伍，他就走在我身边，可是相对无言。那一夜发生的所有，我总疑心是不小心在梦中看到的一树繁花，那么远，那么空幻，仿佛什么都没有发生过。只有那抹幽兰香气，自此深深埋藏在我记忆里。

走出大漠，进入一个和煦的城池。那里是突厥的领地，因为有绿洲，所以天气竟温暖如江南。客栈里，我靠着窗子看楼下的他，如何姿态娴雅地指挥众人安置轿子和马匹，神色也只是淡漠。

夜深了。小城寂寥，此时已是万籁无声。几声轻巧的叩门声，我还未应，她已经推门进来。

是贺兰雪为我安排的侍女如云。她在人前一向低眉顺眼，可是看我的眼神里总是隐藏着凄厉。贺兰雪在我房里留宿之后，她那种目光更是锋利如刀。

她为我捧来一碗莲子汤，说："这汤败火清凉，小姐先喝了吧。"

我沉吟片刻，还是接过那汤。我还有利用价值，眼看就要到皇城，谅他们也不会在此除掉我。

碗刚捧到嘴边，便有人急急推门进来，甚至连呼吸声都那么急迫。

是贺兰雪。他冲进来一掌打翻我手中的莲子汤，眼中有我看不懂的扭曲，纠结以及挣扎。

如云却手疾眼快地接住那只碗，俯身跪在地上，说："少主，如云求您以大业为重！"

我再望向那碗莲子汤，心中已知它的含意。心头一黯然，却伸手接了过来，道："我在你们手里，今日不死，明日也劫数难逃。贺兰雪，我只要你一句话。"

贺兰雪看我的眼神里有微微的颤抖，如云见状，生怕他被我所动摇，转眼一个耳光扇过来，骂道："你勾引少主，不知廉耻！"

她的手腕却在半空被贺兰雪握住。"出去。"他的声音忽然冷得可怕。如云见状，慌忙俯身作个揖，含泪跑了出去。

房间里一片沉默。窗外微凉，清新的空气丝丝缕缕地扑面而来，我听见自己越来越局促的呼吸声。

"为什么？"千言万语，也只有这一句。为什么他要杀我，又在我命悬一线之机来救我。

为什么是他，为什么是我。

"你是我的女人，我不能那么对你。"他伸手将我揽入怀中，将别在腰间的锦盒颓然扣在木桌上，眼中有浓重的哀伤与眷恋。

我忽然不忍。轻柔环住他的颈，笨拙地吻向他的唇。他抱得我更紧，双唇吻向我的脖颈，留下一片灼热。他在我耳边轻声呢喃："倾儿，我怎会这般舍不得你。"

黎明的第一道曙光划破长空，轻柔地照过窗棂。帷帐里一片淡雅的兰香，我枕在他臂弯，近距离地凝视着他宁和如婴儿的睡容，心就那样柔软得仿佛要融化。

事情的始末让我心惊。可是由他亲口告知，我便不再恐惧。

木桌上的锦盒，盖子半开着，里面是个密封的瓷瓶，稀薄的日光下透着冷翠。里面装着的是西域传来的诡异毒药，见血封喉。

那碗莲子羹，本来是要用来毒哑我的。然后再将那瓷瓶里的药汁涂抹在我的双唇，脖颈，以及所有云抑可能亲吻到的肌肤之上。

贺兰雪的人会装作什么也未曾发生的样子将我送去突厥。皇子云抑一旦因我而死，突厥便会将这一切归咎于大周。

而我若被毒哑，便什么也不能说，只能等肌肤上的毒一点点渗透入血液，一切就死无对证。多么完美的计谋，滴水不漏。

不得不佩服贺兰雪的缜密心机，可是他也算不到，他会爱上这局里最重要的一枚棋子。就像我算不到，他是真的在乎我。

那日之后，我有三日没有再见过贺兰雪。大片静默而孤寂的时光里，我想到许多事。贺兰雪说过，侍女如云的名字是他所赠。

其实连我都能看出她对他的敬仰和爱慕，他又怎么会不知道？

可是原来女人就是这么傻。只知其一,不知其二。

贺兰雪自幼饱读中原诗书,如云的名字便是来自于《诗经》。——虽则如云,匪我思存。

她不知道,那句的意思是,城外美女如云,却没有一个是我所想要的。

如云,如云。虽然好听,却是匪我思存。所以十几年来,她一直活在自己假想的梦幻中。

我也想到幼年我送给云抑的鸳鸯梳。那时甚至还未到及笄年纪,无忧无虑的时光里,记忆里也永远是鸟语花香。

而现在,我与贺兰雪。

能走多远呢?

一切很快便有答案。

那是古时,大周还强盛时所修建的一个驿站。春池桃花,古道长亭。他眉目里尽是隐忍的冷漠,他说:"你走吧,去做你的和亲公主,就当从来也没有遇见过我。"

说完,他转身便走,仿佛生怕我会挽留。我几乎是下意识地拉住他的衣袖,我说:"贺兰雪,你不要丢下我。"

他身体顿住,缓缓回过头来看我,那微笑忧伤得近乎残忍,他说:"倾儿,即便我能放下仇恨,你又岂能放下你的责任?你是大周公主,你能眼看着它因你而燃起战火?"

他眼中的希冀,一闪而过。

我忽然想起那日，我在他面前所说的那句，我只是不忍心看生灵涂炭。那是我最初活下来的理由，可是我现在竟然会动摇。

他看见我的沉默，眼眸深处的花火，终于全部熄灭。

我放开他的衣袖，转头取过嫁妆里的琵琶，轻声说："临走前，让我为你弹一曲。"纤手弄弦，形影相吊。

罗带轻衣伞下行　烟雨古道向长亭
纤指琵琶弄　娥眉淡雾扫　檐外双燕争相停
千种情怀付谁说　桃花折　幽香无处消宁
鸳鸯梳一片　依稀年幼景细　草庙烛素颜凝

雨道红鼓声　白马喜绸系帘起　红妆凤凰卿
亭下素鞶湿　路人断魂处　只道琵琶声声凉
百般契诺由君落　鸳鸯散　怜见双燕双咛
凄凄芳草陌　姗姗儿时影　青丝缭落不成鬓
雨歇凭栏处　渐去月华影　不见归时不闻音

我将那把鸳鸯梳放到他手里，白玉洁白，原本镶嵌着凤血石的凹槽里，却是空的。

贺兰雪静静接过梳子，看到梳柄的鸳鸯，眼神倏忽一窒。

鸳鸯梳的风俗，他必定是知道的。可是，比翼双飞，这注定是个说不出口的承诺。

青丝缭落不成鬟，不见归时不闻音。

贺兰雪，我是不是，再也见不到你。

五　百般契诺由君落，鸳鸯散，伶见双燕双咛

抵达突厥皇城之时，云抑已经在城楼顶焦急地张望。送亲的侍卫只是说，因为在沙漠中遇到了沙暴，被困数日，还好宁阳公主祥瑞之身，终于否极泰来。

云抑只是应了一声，不再追究。此时此刻，他的眼睛里只看得到我，那双眸子那么灼热，却又那么陌生。模糊记忆中的身穿兽皮的俊朗少年，如今已经是这般身量，棱角分明。

他忽然抱住我，那手臂有力而生硬，他说："倾儿，我等得你好苦。"我几乎是下意识地，推开他的怀抱，后退两步。

却恍然意识到，这样的我，在满城兵民的注视之下，会如何让他难堪……我来，是为了我的责任。既然来了，便没有退路。

于是我后退一步，撩起裙裾跪在地上，说："按照大周风俗，喜礼未成，你我还不是夫妻，请皇子莫怪。"然后我压低了声音叫他一声，"云抑。"

他大笑，一脸宠溺地扶起我。那灿烂明媚的笑容，映得我眼眶发酸。

我成了突厥皇城里最尊贵的皇妃。不是因为我身上流着大周皇室

的血脉，不是因为我知书识礼，容貌倾城。只是因为，所有人都知道云抑，他只专宠我一人。

在这陌生的城邦，我所能仰赖的，其实只有他而已。可是为什么，当许多个睡不着的夜，云抑在我身边睡着，明明是红烛帷帐支撑起的一轮春色，明明不该觉得寂寞。可是我却只看到，寒夜孤灯，人影相对。

突厥骁勇，与大周联姻之后更是有恃无恐，愈加征战。我处在深宫，却也偶尔听得朝堂上的只言片语。楼兰余孽在沙漠边境作乱，又联合南部的商、苗两族，妄图收复被突厥侵占的土地，战事激烈，太子云抑正欲领兵出征。

不过是后宫妃嫔在赏花骑马的空当作为谈资的话语，我却陡然一惊，手中茶盏应声落下。

当晚，烛火煌煌，我为云抑更衣，轻描淡写问道："听闻楼兰余孽在边境作乱，是否真有其事？"

云抑轻叹一声，道："楼兰小国，两年之前被我领兵灭掉，原本不足为患。只可惜，留下个贺兰雪。此人骁勇善战，心深似海，实在是不好对付。"

我将云抑的衣服叠起，似是不经意，道："楼兰破城之日，他怎么躲过了？"

云抑也不瞒我，道："那日屠城之时，贺兰雪刚好被楼兰王妃关在地牢。后被已故楼兰王过去的亲随救了出去，日后才纠集旧部余孽，与我突厥抗衡。"见我面露茫然之色，又接着说，"贺兰雪自幼冰雪聪明，本是万千宠爱在一身。可是后来，楼兰王被自己的妃子所害，大权落入外戚手中。当时贺兰雪年幼，只好逃亡西域，辗转数十年，才重返故国。”

我应了一声，忽然吹灭烛火，说：“时候不早了，明日再聊，早点歇吧。”

一片黑暗之中，他便看不到我的眼泪。那泪，由心到眼，再由眼到心。一寸寸的悲凉。

原来贺兰雪，他自小就受过那么多苦楚。他从来都没有幸福过，从来没有。

第二日，天还没亮，云抑便已经出征。我甚至来不及劝阻，来不及设计将他挽留。

那几日，皇宫里气氛总是肃穆，紧绷得仿佛扣在箭上的弦。周遭小国早对突厥的跋扈不满，这次云抑奉突厥王之命，势必将楼兰余孽悉数斩杀，一个不留，以儆效尤。

我想起那把鸳鸯梳，想起战场上会是如何的金戈铁马，血染黄沙。

那把鸳鸯梳，我曾赠过两个人。结果却是两个人都辜负了。

两兵交战，必有一伤，无论是哪一方，我都无法面对。贺兰雪，我曾在无数个日夜里祈祷在远方的你平安喜乐，你可曾听到过？

那是漆黑如浓墨的午夜。

有加急铁骑进京送信，整个皇宫于深夜中惊醒，随即欢呼欣然。太子胜了，太子胜了。楼兰余孽尽数被擒，为首少主贺兰雪本与云抑太子相搏正酣，不知怎的，望着太子脖颈，忽然出了神，被太子一刀斩杀！

我只觉一阵眩晕，天旋地转。云抑颈上挂着的是他命工匠精细雕刻的我的小像，乃是用檀香木所雕刻，轮廓分明，眉目清晰。

他必是在那生死攸关的一刻，想起了我。

心中忽然剧烈地痛楚起来，那一刻，我再也抑制不住心里的悲戚，捂着胸口，号啕大哭。

所有人都被我的样子吓到，屏息凝视，四周一片静寂。我跪于庭院正中，高举双手，直到全身似火焰般燃烧，映红了深夜里的半壁天幕。

我终究是选择了这条路。

一世繁华便那样落幕。

六　雨歇凭栏处，渐去月华影，不见归时不闻音

七公主初遇董永，曾送他一把鸳鸯梳。我便是那梳上的凤血玉。

我叫晚倾，原本是七公主的侍女，不能下界，她便将我化为鸳鸯梳上的凤血玉，她希望我可以守护她的爱情。

可是世人只道是七公主感天动地，终是与心爱的人相守一世。那其实只是传说，一厢情愿的传说。她为了逃离天庭的追捕跳入冥河，最终含恨而终。我在人间辗转千年，自以为已经看透了一切。

可是当我看到宁阳公主那日不舍不甘的眼神，还是生出一丝恻隐。她将我握在手心里，她在临死之前，看到了我。她求我代她活下去，因为她身上系着天下兴亡。

我便成了宁阳。我接受了她的身份以及记忆。我甚至记得，云抑接过那把鸳鸯梳时，掌心的温度。

可是我还是遇上了贺兰雪。那个我不得不爱上的男子。

王母问我："凡事都有代价。你为他逆天改命，便会魂飞魄散，再无轮回的机会。值得吗？"

我笑，只是一字一顿。如今，只求一朝如愿。

楼兰富庶，兵强马壮。楼兰王膝下有一子，传说此人风华绝代，万千宠爱于一身。突厥没有与大周联姻，也不曾向楼兰进犯，各国安泰，一片升平。

即使，迟早会有战争。

我只要他这一世，平安喜乐。

尾　　声

杏花春雨，晚来风柔。是谁的琵琶声在丝丝细雨中，寸寸生凉。

罗带轻衣伞下行　烟雨古道向长亭

纤指琵琶弄　娥眉淡雾扫　檐外双燕争相停

千种情怀付谁说　桃花折　幽香无处消宁

鸳鸯梳一片　依稀年幼景细　草庙烛素颜凝

雨道红鼓声　白马喜绸系帘起　红妆凤凰卿

亭下素鞶湿　路人断魂处　只道琵琶声声凉

百般契诺由君落　鸳鸯散　怜见双燕双咛

凄凄芳草陌　姗姗儿时影　青丝缭落不成鬟

雨歇凭栏处　渐去月华影　不见归时不闻音

……还记得那幽然白衣，在大漠孤烟里飘然胜雪。

……还记得他的笑，眸子里的光芒盖过璀璨繁星。

……还有，寂寞七世，那颗自以为无欲无求的心。

浩瀚漫长的时光里，所有过往如花朵般凋零。

如今，只求一朝如愿。

山有乔松，涧有游龙

我终于可以不再被人叫作螭。我终于不再是一只身份卑微的没有角的龙。

我成了真正的龙女。可是为此，我埋葬了我的爱情。

一　凌冉

山涧的瀑布倾泻而下，掠过苍林碧草，成了溪水奔腾在傍晚明媚的阳光里。我自瀑布下的深潭中飞出，落在清浅的溪中化成人形，掠了掠额头湿漉漉的头发，仰头笑着对站在树端的凌冉说："这瀑布深潭我已可以来去自如。其实若论法力智谋，我有哪点输给龙宫里的那些尊贵的龙？"

凌冉自树顶飞身而下，解下身上的白色斗篷轻覆在我肩上，怜爱地说："他们怎样与你何干？何苦拼了性命来证明你的能力。"

"因为我不甘心。"我直直地看着他，嘴角扬起倔强的弧度。

为什么同样是龙，只因我没有角，就要被叫作螭？我曾经亲眼目睹东海龙宫的王子公主们结伴出游时风光无限的样子，羽衣金冠，神情骄傲。为什么我们体内流着同样的血液，他们却注定是神，而我注定是妖。

我叫暮歌，我是一条螭，没有角的龙。洞庭湖蛟精与东海龙王的私生子。我从来没有见过我的父亲，只能凭着一幅多年前的画像依稀辨认他的容貌，宣纸上的他眼神凛冽，棱角分明，金发薄唇。母亲说我眉宇间的倔强与他如出一辙。

我恨他。可是更应该恨他的母亲却已心如止水，每日只知躲在湖底的洞穴里念经诵佛，忘却了所有过往的恩仇和尘世间的牵挂。包括我。

我自小在洞庭湖孤独地长大，每日苦练呼风唤雨、飞天遁地的法术，仇恨与怨愤，成了我几百年来唯一的依托。我像一只真正的妖一样桀骜乖劣地生活，不开心的时候就会去洞庭湖边杀人，毁灭一个又一个村落，冷漠地看着那些无助的人类露出惶恐而绝望的表情。别人的悲哀似乎可以减轻我心底的疼痛，那让我觉得自己并不是最可怜的人，有种淋漓而痛楚的快感。

渐渐地，洞庭湖边再无人烟。那一夜我守着满目荒凉的废墟，眼泪簌簌地落下来。四顾苍茫。天地间真的只剩我一个人了。这不是很好吗？可是，我为什么会哭泣？

忽然有人轻轻拭去我眼角的泪，手指冰凉，用浑厚而深邃的声音说："其实你比谁都惧怕孤独。你选择毁灭，并不是因为嫉妒他们的幸福，而是你害怕被人孤立的感觉，对吗？"

我抬头，救赎的虹光一泻千里。眼前的男子白皙英俊，及腰的金发飞扬在午夜清冷的月色里。眉眼细长，漆黑如墨的眸子软软的像要流出水来。

从来没有人这样凝视过我。

那是我所见过的，最温柔的眼神。

“我以后会永远陪着你，答应我，做回你自己，好不好？”他的声音透着细碎的宠溺，修长的手指摩挲着我银色的长发，温暖而暧昧。

我直直地望着他的眼，眼泪模糊了整个世界。在这个陌生人面前，我不由自主地卸下了所有的伪装。他是对的，我比谁都惧怕孤独，是他，拯救了我的孤独。他俯身抱住我，温暖无边无际地蔓延，在清冷的夜里绽开一朵朵璀璨艳丽的橘色的花。

他就是凌冉。他说：“暮歌，我会一直陪在你身边，直到你厌倦我的那一天。”

二　西海龙宫

凌冉从来不曾向我提起他的来历，只是每日准时在子时出现在我眼前，巳时离开，凭空消失一般，我甚至无法察觉他离去的方向。那日清晨我与他并肩坐在海边的岩石上看日出，微红的潮水一漾一漾地弥漫，海面闪烁着金色的光晕。海鸥掠过浮云，天空没有翅膀的痕迹。我握住凌冉的手，轻声说：“你说过会永远陪着我的，何时才可以真正如此？”

“暮歌，你再给我一些时间。总有一天，我们可以真正形影不离。”凌冉的唇扬起好看的弧度，我忽然发现，他有着与画像上的父亲一模一样的一双薄唇。我的心泛起不易察觉的酸楚，细细碎碎的疼。

记得母亲曾经说过，薄唇的男人总是负心的。

我轻抚凌冉的长发，指缝间流淌着绚丽的金色，尊贵而纯正。我说："今日我要陪母亲念经诵佛，你也早点回去吧。"

凌冉点点头，抱起我朝洞庭湖的方向飞去。我在朝阳绯红的云中凝望着他的侧脸，心中的惶恐空前繁盛。有些事，是不是永远不要知道真相的好呢？

我在洞庭湖底仰望凌冉离去的背影，轻跃出水面，凭借银色的光点，小心翼翼地跟随。凌冉似乎步履维艰，藏青色的背影笼罩着一层淡淡的忧伤。我悄悄跟在他身后，几次想放弃了这次追踪。其实他是谁又有什么关系呢？我真的害怕得到一个凌厉的答案。可是心中由爱滋生的繁盛的关切和好奇心，一步一步驱使着我，惴惴不安地前行。

银光隐没地闪烁在黑暗中，经过一条湍急的河流，眼前豁然明亮起来。天空是透彻而清明的蓝色，眼前是一座华丽的水晶宫，牌匾上金色的琉璃拼成两个辉煌而刺目的字：龙宫。

原来，凌冉是龙。

龙是高高在上威严而尊贵的王者。没有龙会真心爱上身份卑微的螭。凌冉，他会像父亲背弃母亲那样背弃我吗？

忽然觉得向往已久的大海竟是这样刻骨的冰凉。我艰难地跟随他的身影，避过重重守卫，来到水晶宫后明媚的后花园。透过影影绰绰的花木，我看见凌冉握着一个美丽女子的肩，神情哀伤地说着我听不到的言语。

那女子把头靠进凌冉怀里，金色的长发明晃晃地摇曳在花园明丽的颜色里。我呆呆站着，忽然失去了呼吸的力气。压制不住自心底鸣出的那声疼痛的叹息。凌冉回过头来，看见我，雷击一般蹙起修长的眉。

“暮歌，你怎么会在这里。”

“因为我不想离开你。”我朝他摊出手掌，银色的鳞屑闪烁细碎的光点。方才，在我抚摩他发丝的时候，已将手中银色的鳞粉尽数地撒在他金色的长发上。

“暮歌，原来，你不相信我。”凌冉低下头，我从未见过他如此悲戚的表情。

“你就是暮歌？”凌冉身边的女子抬起一双美目看我，语调温柔，周身散发着一种高贵的亲和力。

“我是北海龙宫的三公主颜雪，凌冉未来的妻子。我常听他说起你的好，今日一见，果然是个讨人喜欢的女子。”她迈着碎碎的步子走到我身边，亲昵地握着我手说。

我望了望矗立在原地的凌冉，眼泪倾泻而下。我扬手一个清脆的耳光打在颜雪白皙美艳的脸颊上，面无表情地说：“我讨厌你。”

颜雪没有任何的防备，身子软软地栽倒在地上。凌冉飞奔过来扶住她，眼神里充满了关切，轻声叫她的名字，抬起头哀怨地看我，说：“暮歌，她也是一番好意，你怎么可以这样？”

是的，我知道她是一番好意，可是我真的讨厌她啊。我讨厌她高贵而温婉的笑容，我讨厌她那一头纯正灿烂的金发，我讨厌她说她是你未来的妻子。

我转身离去，凌冉并没有来追我。

我的心，终于彻底绝望。

凌冉，你选择她，是因为龙女尊贵的身份吗？

三　东海龙王

忘记自己是怎样回到洞庭湖底，望着父亲的画像，痛彻心扉地哭泣，这许多年来所有的真实与软弱，随着淋漓的泪水，倾泻而下。我终于明白自己为什么这样恨他。

因为我无法控制自己心底与生俱来的爱。我爱着我的父亲，我渴望得到他的爱与关怀，可是他却早早放弃我，让我的母亲心灰意冷，留给我一个寥落而孤寂的童年。恨有多浓，爱与渴望便有多深。

为什么我没有一头纯正而高贵的金发？为什么我不是龙宫的公主？为什么我得不到凌冉？为什么是我？为什么是我得不到幸福！

地面忽然剧烈地震颤，夺目的金光四面八方奔涌而来，一时间，琴瑟齐鸣，飞花若雪。一台华丽的金轿从天而降，有夜叉模样的随从掀起轿帘，里面走出来的人衣着华丽，有着坚毅高贵的表情和棱角分明的轮廓，岁月没有在他脸上留下丝毫的印记，他依然，有着与画上一模一样的面容。

他俯身扶起我，慈爱而温和地叫我，“暮歌”。我怔怔地望着他，不敢确定这是不是我凭空冥想的一个梦境。母亲闻声从内堂奔来，我看着她脸上复杂而疼痛的表情，忽然明白她这些年的心如止水都是自欺欺人。她，还爱着他。

父亲的笑容高贵而疏离，他看着我的眼睛说：“跟我回皇宫好吗？

给我一个补偿你们的机会。”

我重重地愣住，望了望母亲脸上瞬间绽放又瞬间凋零的惊喜，沉默半晌，终于点了点头。在梦中百转千回求之不得的幸福面前，我放弃了所有的倔强与骄傲。何况即使伤心难过，我依然，爱着凌冉。如果我也成了身份尊贵的龙，他是不是就可以跟我永远在一起了？

坐在父亲金色的轿里，他爱怜地抚摩我银色的长发，说：“暮歌，我想给你一个纯正的血统和尊贵的角，我不要你再当螭。我要你成为一条真正的龙。可是，我需要一个理由。暮歌，你肯帮我做件事么？这样你就为东海立了大功，我便可以顺理成章地给你和你的母亲一个身份。”

我想都没想便点了点头。望着父亲尊贵的笑容，忽然觉得恍惚而遥远。

我只是想成为一个配得起凌冉的真正的龙女。是不是当我也有一头纯正金发的时候，才可以替代颜雪成为他未来的妻？

四　柳毅传书的真相

我穿上破旧的衣服，带着一脸愁容在海边放羊。想到一直音信全无的凌冉，这愁容原本不用装的。

一个儒生模样的人迎面走来，看见憔悴的我，关切地问：“你怎么了，为何把自己折磨成这样子？”

我掩面哭泣，说：“父母将我许给这里的龙王三太子做妻子。我的夫君原本对我很好的，可是他现在爱上了别人。于是对我很冷淡，还时常打我骂我。我的父亲也是一方龙王，公婆溺爱儿子，怕我回家告诉自己的父母，于是将我囚禁在这里放羊。长天茫茫，不知何时我才可脱离苦海。”

那儒生面露义愤填膺的表情，高声吟道：“碧云悠悠兮，泾水东流。伤美人兮，雨泣花愁。我柳毅虽然算不上英雄豪杰，但也绝对是个遵守诺言的人。有什么我能帮到小姐的，请你尽管说吧。”

看来父亲没有选错人。这个叫柳毅的果然是个古道热肠的人。

我自袖中掏出父亲给我的书信，说：“尺书远达兮，以解吾忧。麻烦先生将这封信送到湘溪去，那里的入海口处有一棵高大的橘树，你在树干上敲三下，自然会有人来接应你的。”

柳毅接过我手中的书信，朝我恭敬地作了个揖，转身离去，笔直的背影渐行渐远。

我忽然觉得有些难过。我欺骗了一个正直而善良的人，他那清澈而关切的眼，与当年的凌冉一模一样。

事情进行得很顺利。我假扮的那名女子的父亲，有个脾气异常暴躁的弟弟，曾在尧做皇帝的时候因为与天将不和发脾气淹没了五岳，使人间遭受了九年的洪水。听到侄女在他乡的苦楚，等不及仔细了解事情的始末便立刻腾空而出，飞去杀掉了那个负心的三太子。那三太子的父亲暴怒，海界暴发了一场空前绝后的战争。所有卷入其中的人都付出了很大的代价。

其实父亲的目的很简单，那便是挑拨西海与北海的矛盾，这样便可以用平乱做借口，统一所有的海域。

如果我知道，自己的父亲除了薄情以外，还有这样的野心。

如果我知道，我所扮演的女子就是颜雪。

如果我知道，那天我按照父亲的吩咐一字不差说出来的话中所指的负心人就是凌冉。

如果我知道，自己成为龙的代价是埋葬自己的爱情。

如果一切都没有发生。

如果来得及后悔。

知道真相的时候，我的心痛如刀割。眼泪奔涌而出，淹没了有关爱情所有的希冀。脑海中浮现凌冉温柔关切的表情，他曾经眼神疼痛地对我说："暮歌，我会一直陪在你身边，直到你厌倦我的那一天。"

那些撕心裂肺的痛楚和万劫不复的绝望再也无法隐藏。凌冉，如果你不曾在我最孤独的时候给我最恢弘的救赎，我的心，是不是就不这样疼痛了？我以前想成为龙，是因为我不甘心身份卑微。现在的我想成为龙，是因为我想与你长相厮守。

可是这一切，都来不及让你知道。

我会一直陪在你身边，直到你厌倦我的那一天。

五　龙女

我终于成了一个真正的龙女，有着尊贵的角和绚丽而纯正的金发，不再是身份低微的螭了。一直以来的梦想终于得以实现，我的眼睛里流转着异样的光彩。

父亲笑得很得意，他说："暮歌，你为东海立了大功。这些都是你应得的。柳毅人品不错，你嫁给他如何？也算报恩了。"

报恩？报恩。可是凌冉给我的恩情，我又应该如何报答？

我神态自若，轻声说："父王，其实我跟凌冉的事你早就知道吧。你为什么要骗我？"

父亲不悦，板着脸说："他是堂堂西海龙宫的三太子，你以为他会爱上一个身份低微的螭吗？我为你除掉一个负心人，你应该感谢我才是。"

我和颜悦色地说："可是要论负心，谁又比得上您呢？"

父亲几乎怒得拍案而起。

我视若不见，继续说："其实凌冉真的没有负我。他死之前曾经差人送信给我，可是当那封信到我手中的时候，一切都已经晚了。颜雪那日本来已经答应与他解除婚约，可是我却不分青红皂白地打了她。如果我再给他一点时间，如果我肯相信他。父亲，我是您的女儿，你为什么要害我？"

我飞快地拿出袖中的短剑指向父亲的胸口，这是在我脑海中设想了无数次的情节，自以为心意已决。

然，他是我的父亲。

手腕剧烈地颤抖，终究下不了手。

父亲冷冷地看我，转身离去，背对着我说："你这样懦弱，如何可成大业？暮歌，要怪，就怪你爱上了不该爱的人吧。柳毅在外面等你。龙宫的秘密不可以让凡人知道。如果你不嫁，他就得死。你来决定。”

六 结局

凌冉死了之后，我开始惧怕任何一个人的死亡。凌冉，凌冉。这个名字从此弥漫在我生命中的每一个晨昏。

我嫁给了柳毅。

尽管他百般隐瞒，柳毅传书救了龙女的故事还是流传开来，渐渐演变成人间佳话。

没有人知道，那个美丽的女子曾是一只身份卑微的螭，为了成为一个真正的龙女，她埋葬了她的爱情。

傀儡吟

寂雪一生只得一个“灭”字。断情绝爱，也许尚有一线生机。可她偏生遇见了你。——多年以后我才知道，那日北堂泠川扶乩得出的谶语，指的不是杜颜白心中的寂雪。而是我。这个一直站在他身后，徒劳地爱着他的，傀儡寂雪。

一

“寂雪，寂雪。”古铜色的月光下，颜白的手指细细摩挲我的脸颊，目光忧伤而痴迷，仿佛想要透过我木然的眼眸，找到另一个人的影子。

我的指尖僵硬地动了动，黑暗中，这一点细微的动作并没有引起他的注意，也许他是太笃定了，太笃定我只是一个木制的傀儡，一举一动都只能受他摆布。烛火煌煌，映得他深邃的黑眸格外魅惑，深深的，仿佛要把人吸进去一般。我呆呆地望着他，一动不动，口中说不出，眼神也无法自由流转，心底却渐渐浮现出一丝酸楚的感觉。

颜白将我平放在榻上，我的头枕在他的腿上，他掠过我额前的碎发，拿起桌上的白玉梳子，一下一下梳理着我乌黑的长发，眸子里满盛着一种悠远的温柔。这种眼神，只出现在午夜梦回时，他把我当成她的时候。不知他有没有发现，我原本稀疏的头发愈加黑亮光泽了，想必是渐渐有了生命润泽的缘故。

就在这时，静谧的夜中忽然传来一声木架破碎的声音。

房间里的窗砰然碎裂，一个黑影破窗而入，明晃晃的剑尖闪电一般朝颜白刺过来，颜白轻扣指尖，我便倏地挡在他面前，那一剑刺在我身上，毫无知觉。对方一愣，月光下见到我面无表情的容颜，嘴角滑过一丝冷笑:“杜颜白，你不愧是云鬼门出来的傀儡师，连木偶都做得这般逼真，若不是事先知道，还真以为是个绝色美佳人。”说着，舞了一个漂亮的剑花杀过来，避开我，直取颜白命门。

颜白继续扣动手指，我拾起桌子上的玄霜剑，挡在颜白面前，一边格开黑衣人这一剑，一边攻他下盘，身姿灵活反应迅速，片刻之间就占了上风。其实这都是颜白的功劳——我身上的每一个关节都是由他通过丝线控制的，我的攻守进退，一颦一蹙，通通都是他的旨意。而我，不过是他打斗时的一种独特武器，又或者是他孤独时的一个替身。

他叫我寂雪。我知道这是她的名字。他甚至将我的脸雕刻成她的样子，为我画眉为我上妆，抱着我沉睡至天明，然后在晨曦初露的时分恍然意识到我不过是块没有生命的木头，落寞地将我推开。若不是眉心那道浅淡的疤痕，我应该与真正的寂雪并无两样。

此时我已制服了那个黑衣人，双手扳住他的胳膊，压着他单膝跪在地上，面无表情。

“杜颜白，要杀就杀。你夺了我青龙门的夜光杯，一天不交出来，就一天休想睡得安稳!”黑衣人倔强地仰着头，眼神虚张声势地锋利着。我认得他，青龙门的大弟子霍家玄。颜白淡淡地扫了他一眼，懒懒依在榻上，没有说话。

“青龙门的夜光杯，寒炎帮的玄霜剑，就只差南宫世家的天山雪莲了。集齐了这三样当世珍宝，我怕你还没享用就已经身首异处了！杜颜白，云鬼门的诸葛先生就是这样教导自己徒弟的吗？”霍家玄见颜白神色倦怠，似乎丝毫不把他放在眼里，心中又是愤怒又是恐惧，言语间愈加挑衅。

“哼，江湖上都说，云鬼门的诸葛先生调教出三个风华绝代的弟子，傀儡师杜颜白，降头师李成莞，小师弟北堂泠川天分最高，五行八卦，扶乩问卜，无所不能。看了你我才知道，云鬼门出来的不过都是鸡鸣狗盗的小人罢了！”他冷笑着说。轻蔑地看着颜白，仿佛只要能激怒他，他死也死得值得一些。

颜白神色一冷，猛地瞥向他，手指微动，我一个箭步走上前，手指急速点向黑衣人的五大穴，他立刻石像一般僵硬在那里，再也说不出话来。

“穴道会在三个时辰之后自行解开，只是你以后再也不能运功，否则就会经脉尽断。”颜白勾起小拇指，我退后一步，将玄霜剑收回剑鞘，乖巧地站到颜白身边。

“寂雪，我们走。”颜白望向我，眼神温柔，清冷的月光洒进他的眼底，星辉一般。他修长的手指轻微一旋，我便如影子一般跟着他的脚步并肩前行。外人看来，还以为我是站在他身边的鲜活女子，一袭翩然红衣，施施然走在他的左手边，在诡异的夜色中婉转成诗。

二

我知，走出青龙门的势力范围后，下一个目的地便是南宫世家了。

被他废掉武功的霍家玄说得没错，颜白的确是要集齐这三件当世奇珍。可是他做这一切，却跟云鬼门没有丝毫关系。云鬼门的诸葛先生过世之后，颜白一直是以江湖第一傀儡师的身份独立地活着，他不敢回云鬼门，不敢触摸过去的景，伤心底的情，只是将他所有的精力都放在这三件当世珍宝上。

依稀记得七年前，寂雪死的那天，颜白呆呆望着她的尸体，眼神空洞得让人绝望。二师兄李成莞告诉他，若是找齐那三件当世珍宝做药引，或许寂雪还能有一线生机。那是诸葛先生传下来的一种禁术，借助吸收天地灵气的宝物让人死而复生，而施术者将会削减十年阳寿，作为逆天而行的惩罚。而那种禁术，他只传给了三师弟北堂泠川一个人。

听到二师兄的话，颜白灰烬一般的眼眸倏地燃起一丝光彩来，仿佛在无尽的黑暗中看到了一抹摇曳的烛光，不顾一切地扑过去，只为那穷途末路后的一点希望。我被他手中的丝线牵引，为他挡剑，为他杀人，腥风血雨，心甘情愿。他要玄霜剑，我们就破了寒炎帮，从圣坛的石缝里取出那把被称作镇教之宝的剑，伴随一座城池塌陷的声音，他带着这把光洁的剑离开，脸上泛着一丝痴迷又憧憬的笑，仿佛离他的梦想又近了一步，全然不顾身后千万人的哀号。

原来人果然是自私的。善良如颜白，也会为了一己私欲，不顾旁人的死活。我漠然地目睹着这一切，只有看穿，没有悲欢。可是，到底是从什么时候起，我身体深处开始生出一种叫作妒忌的情感？妒忌那个叫寂雪的女子，妒忌她能得到颜白倾尽生命的宠爱？

从古至今，但凡太似人形的东西，时间久了大多可以幻化，我是如此逼真的一个傀儡，日饮朝露，久对日月，不知不觉便有了心，有了情。

转眼就是七年。我陪在颜白身边，一起经历多少次春风夏雨秋霜冬雪，木制的心中也渐渐绕出了纠缠的丝，一定有些什么，在日复一日的陪伴中，春生夏长，绵绵不息。

三

南宫世家不比普通江湖门派，不单在江湖上颇有势力，跟朝廷也有千丝万缕的联系。府上经常设宴款待朝中的达官贵人，高高的城楼之外森冷巍峨，之内却觥筹交错，夜夜笙歌。颜白与我扮成乐师与舞伎，混在众多艺人中间，行走在南宫府蜿蜒曲折的花园小径中。

颜白轻扣手指，我飞身而起，轻燕一般落在房顶上，绕梁转了几个来回，按照颜白的旨意布下机关，又悄无声息地回到了队伍中。那根丝线的另一端，牢牢系在我的手腕上。

盛大的宴会上，南宫世家大当家南宫傲意气风发，众多宾客谈笑风生，最绚烂的舞台反而无人注意，直到，颜白弹出那首沁人心扉的《冷湘绝》。他灵动的手指一边抚琴一边控制我舞蹈，举手投足，仪态万千，绯红的裙裾飘散着，如盛开的红莲。

四下一片喧嚣的叫好声中，我看见满脸络腮胡的南宫傲脸上露出有恃无恐的表情。他起身飞快地捏住我的下巴，眼睛却望向颜白，声音低沉地说："杜颜白，你竟能把傀儡做得如此出神入化，我都舍不得毁了她。"说着，一只手掠过我的脸颊，细细地抚摸着，仿佛在欣赏一幅画。

是啊，傀儡师杜颜白带着一只绝色傀儡扫平了武林两大门派，拿到寒炎帮的玄霜剑和青龙门的夜光杯，所有人都猜得到，他下一步必会去取南宫世家的天山雪莲。南宫世家想必已经早有防范，而我跟颜白的样貌年龄，也完全符合江湖传闻中对我们二人的所有描述。

“在下姓寂。这位是我妹妹寂雪。想必是南宫先生认错人了。”颜白淡淡地看他一眼，气定神闲地说。眉宇间没有一丝慌乱。仿佛南宫傲所说的一切果真与他无关。

我定定地望着南宫傲，牵动唇角，竟露出一丝笑容来。想到颜白终于达成夙愿，我是真心为他开心，不由得眼睛里都盛满了笑。终于要拿到天山雪莲了。颜白的梦想，可以实现了吗？

南宫傲看到我的笑容，倏地一愣，眼中闪过一丝犹疑，一时间竟无法分辨我到底是个绝色女子还是木头傀儡……因为真正的傀儡是不会笑的。正在他犹豫的时候，我轻挽手腕，只听门外传来一阵响动，然后有侍卫急急来报：“老爷，不好了，府中进刺客了！一个男人背着一个人偶，正往后山去呢！”

南宫傲的表情瞬间僵硬住，喃喃地说：“糟了，天山雪莲……”说着一个箭步冲了出去，留我和颜白在这里，仿佛我们真是两个无辜的人。

四

颜白姿态娴雅地走到我身边，食指轻弹，空中迅速划过一条流星一般的弧线，我手腕上的丝线倏地断开，发出轻微破空的声音。颜白俊美的脸庞掠过一丝得意，拉着我跃至半空，无声地跟在南宫傲身后，动作敏捷而轻盈。

南宫傲中计了。

方才他的注意力集中在我脸上，并未注意到我手腕上的丝线牵动着隔壁房间的机关，而真正高明的傀儡师，是可以通过一个傀儡来控制另一个傀儡的。颜白这一招调虎离山，投石问路，轻而易举就可以探得天山雪莲的下落。

南宫世家如此之大，颜白根本就不知道他们把天山雪莲藏在了哪里。与其自己去找，倒不如让南宫傲自己告诉他——南宫傲以为府中来了刺客，下意识就会去检查天山雪莲是否完好，同时也就暴露了它在哪里。

不出所料，南宫傲果然直奔后山的密室，看见天山雪莲安然地盛开在玄冰中，才轻吁一口气，猛然反应过来中计了，却在回头的瞬间，被颜白一掌击中昏睡穴。

夜风微凉的后山上，颜白拉着我的手奔跑，另一只手里抱紧了那株遗世独立的天山雪莲，迷离的夜色中，我隐约可以看见他侧脸喜悦的轮廓，好看的薄唇微微扬起，像是一个迷路的孩子，已经看到了曙光的方向。

三大宝物已经集齐了，寂雪，真的可以复活吗？这个念头还未来得及多想，我的胸口猛地中了一箭，倒是不疼，可是冲力很大，我险些跌倒，还好颜白适时扶住了我，拔掉我身上的箭，轻扣手指，我便拔出腰间的玄霜剑，上前一步，挡在他身前。

“杜颜白，你跑不了了。”这个声音有些熟悉，循着声源看过去，来者竟是青龙门的霍家玄。

“我料定南宫傲不会是你的对手，所以特意在这条必经之路上恭候你。杜颜白，你为了这三样宝物，杀了多少个人，轻贱多少条命，你自己心里有数。跟我回青龙门，武林大会的公审之后，一切自有公断。”霍家玄武功尽失，却以这样的姿态望着颜白，眉宇间透着一股愤怒与得意。他身后站着满山来自四大门派的高手，火把照亮了整座后山，宛如白昼。

“好，我跟你回去。”颜白瞟了他一眼，淡淡地回答，仿佛这根本就与自己毫无瓜葛。在众人怔忡之间，颜白闪身到我面前，忽然紧紧地抱住我。

我的身体僵硬了一下，愣愣地看着他，只听他压低了声音在我耳边说：“带着这三样东西去找三师弟，只要寂雪能活下来，我宁愿死。”

他抬起头，第一次用看待一个人的眼光深深地看我，他握着我的肩膀说：“我知道你是有生命的，你能听懂我的话，对不对？”说完手猛地一挥，我与他之间千丝万缕联系着的丝线倏地全部断掉，从此，我不再是属于他的傀儡了。

我僵硬地扬了扬嘴唇，想跟他说些什么，却又什么都说不出来。只见颜白猛地把手中的天山雪莲推到我怀里，紧接着顺势将我推下万丈悬崖……

他或许是想，这是唯一可以保住这三样宝物的方法了，却忽略了，我也只不过是个木制傀儡而已，从这么高的地方摔下去，我也一样会粉身碎骨。

五

四周一片温软，身体轻飘飘的，又仿佛有了重量。睁开眼睛，月光下，暖白色的光辉迷茫一片，映在波光清亮的水面上，泛着粼粼的光。我猛地仰起头，发现自己正身在一片暖融融的泉水之中，木制的身体竟似有了知觉，柔软而温润。

清冷如霜般的月光下，眼角忽然瞥见一个清俊的身影，一袭白衣胜雪，面庞俊美，幽幽的黑眸清冽而深沉。

“你是寂雪?”他定定地看着我，眼眸中散出澄澈而震惊的光芒。

“……我是颜白的傀儡，寂雪。”话音刚落，我讶然地，瞪圆了眼睛，惊愕地看看他，又看看自己，忽然有些不知所措。

我只是个木制傀儡而已，怎么忽然可以开口说话?

“……你果然不是寂雪。你的眉心有道疤痕，她没有。她也不会容许自己有。”白衣少年自顾自地说，清澈的眸子透着一丝恍然。

“这是天山脚下的月华池。池水蕴含着几百年的日月精华，所以才能润泽出你的生命。”他望着一脸怔忡地望着自己光洁的皮肤手足无措的我，淡漠地解释道。

“这里是月华池?”我大惊。江湖传说中神秘无比的云鬼门禁地月华池，原来竟在万丈悬崖下的山谷里。

白衣少年点了点头，安静地看着我。

“……你是北堂泠川?”我望着眼前这个面容澄澈如孩童的白衣男子,惊诧地问。从未想过,云鬼门诸葛先生最得意的弟子,三个师兄弟中天分最高,扶乩问卜无所不能的北堂泠川,竟然会以这样的方式出现在我面前。

我站起身,氤湿的长发熨帖在背后,薄纱红衣紧紧贴在身上,每走一步,月华池温润的池水就荡开一层,波光粼粼,宛如光圈。我踏出池子,拖着湿淋淋的步子,径自走到北堂泠川面前,扑通一声跪下,膝盖骤然传来钝钝的痛感,这是我以前从来没有过的体验。

“颜白说,他宁可死,也要寂雪活下来。那么,我宁可死,也要达成他的夙愿。请你帮我。”我将玄霜剑,夜光杯,还有被池水润泽得愈加晶莹的天山雪莲摆在北堂泠川面前,直直看着他的鞋尖,淡定而固执地说。

泠川一愣。

我抬起头,哀哀地看着他,知道那是会让施术者折寿十年的禁术,没有几个人会贸然答应。可是能用三大珍宝使寂雪复活的人,当世只有他一人。

四目相对,只见他幽黑清冽的眸子瞬间闪过一丝什么,仿佛并没有在听我的话,表情里忽然闪过一丝局促,急急解下白绸披风,俯身将我裹住,微蹙了一下眉,说:“先起来吧。月华池肯赋予你生命,说明你有心。从现在起,你已经不再是颜白的附属品了。”

泠川负手转身,背对着我。我下意识地扶紧他给我的披风,这才恍然发现,湿透了的轻薄纱衣早已将我的身躯清晰地勾勒出来,与其他妙龄少女并无不同，细腻光泽，肌肤似雪。

“颜白叫我寂雪。我是他的傀儡，也是寂雪的替身。我知道，长久以来，我只是他作为傀儡师而带在身边的武器而已。可是如果没有颜白，我就不会有心，也不会明白甘愿为一个人赴汤蹈火的心情。北堂泠川，求求你，答应我。”我没有起身，跪着行到泠川脚下，卑微地牵起他的衣角。此刻除了这样求他，我真的想不出其他方法。

“杜颜白，他真的值得你如此为他？甚至付出一切也在所不惜？”

“是。”我轻声地回答。

“那么，你的一切，又是什么呢？”泠川唇角漾过一丝邪美的笑容。

我一怔。

“你把你自己作为代价赠给我，我就帮你使寂雪复活。你可答应么？”

原来即使有了生命，我也逃不脱成为附属品的命运。我无所谓地笑笑，淡淡点头。

“寂雪，你记住，从今以后，你不再是颜白的傀儡，也不再是寂雪的替身。你叫幽，这是我给你的名字。你是我的了，知道吗？”泠川用食指挑起我的下巴，含笑地看着我的眼睛。

我的心微微一颤，心虚地望向别处，错开他的目光。

在我生命最初的时候，多希望此刻陪在我身边的人，是颜白。

六

昆仑云顶的千年冰峰上，我与北堂泠川并肩站在洞口，我侧过头望他，轻声地问："你会后悔吗？"

"后悔什么？"

"用你十年的寿命交换一个一无是处的人偶。"

"你是幽。世上独一无二的幽。"泠川宠溺地拍拍我的头，十指穿过我的黑发，青丝绕指柔。忽然微笑着从袖中取出一支白玉簪，轻轻绾起我的长发，挽成松散的髻。在他撩起我青丝那一瞬间，我的心仿佛被什么刺中了，一瞬间铺天盖地地疼起来。眼前的他与我记忆中的颜白重叠起来，仿佛时光倒流，又回到了三年前的那个夜晚。

那时我只是颜白的傀儡，没有知觉，没有喜怒。他让我坐在梳妆台前，站在我身后，透着铜镜端详着我，眉眼中流露出的温柔，汪洋得让人窒息，纵使我知道他是在我身上寻找另一个人的影子，却还是沦陷在他深潭一样的眼眸里。清晰记得那天，他就是这样，用一支红木簪轻轻绾起我的长发。然后望着铜镜中的绝色女子，泪流满面。

大概就是从那个时候起吧，我开始向往人类的情感，渐渐有了心，有了情，发丝缠绕着一个人的名字，可他却从未将我放在心上。

我怅然地跟在泠川身后，木头心中，一瞬间百转千回。

"寂雪是师傅的女儿，我曾经为她扶乩请仙。寂雪一生只得一个"灭"字。断情绝爱，也许尚有一线生机。可她偏生遇见了颜白。"泠川走入寒洞，看到水晶棺中面色红润的寂雪，自语般地说。

"天山雪莲和夜光杯呢？"泠川站到祭坛前，我这才发现他手中什么都没有拿。可是这项复活的禁术，不是必须要借助那三样宝物的力量吗？玄霜剑现在还挂在我的腰间。

泠川走下祭坛，站在我身边诧异地看我，摇摇头说："这种禁术只须折损施术者十年阳寿。并不需要这三种珍宝。"

我微微一怔，不好的预感。下意识地望向水晶棺中美得炫目的寂雪，疑窦丛生。

水晶棺中的寂雪拥有与我一模一样的容颜，除了我眉间那道疤痕，几乎连我自己都无法区分彼此了。

端详寂雪片刻，只见泠川忽然神色一凛，轻声地说："幽，她不是寂雪。"一边飞快地起掌劈碎了那块水晶，霎时间，冰块碎裂，星光乱舞，寂雪美艳的脸庞倏地消散在空气中，化作万道星辉，随风消散。

我惊讶地看着这一切，眼看颜白视若珍宝的水晶棺如光芒一般消散在天际，震惊得无以复加。

"那不是寂雪，只是由高深的幻术结成的幻像而已。关心则乱，颜白定是太在意她，才会被蒙蔽了这么多年。"泠川叹气，神色淡然。

我重重怔住。

那么真正的寂雪呢？她还活着吗？又在哪里？

几乎是同一时间，我跟泠川同时说出了一个名字。

李成莞。

云鬼门的二师兄。是他告诉颜白这个复活的禁术，是他给了他生活下去的希望，同时也用三大奇珍的幌子让他过了七年舔剑饮血的生涯。

我直直地望向泠川，眼神里带着深切的祈求。

"二师兄李成莞住在西域的万花林里。他是师傅调教出来的降头师，踏入万花林半步，就有可能死无全尸。”泠川读懂了我的眼神，轻声地说，眉眼中闪过一丝怅然。

我哀哀地看着他，没有说话。

颜白现在生死未卜。我怎么可以让他不明不白地被欺骗这么多年。

“好吧，我带你去。”泠川垂下头，错开我的目光。无奈的表情中隐隐透着宠溺。

七

万花林。

“幽，跟紧我，千万不要松开我的手。”站在一片葱郁深密的树林前，泠川握紧了我的手，神色凝重地说。

我点点头，心下一暖。

步入万花林，只见绿树丛生，百草丰茂，无数美艳的花朵绽放在树木的缝隙中，迎风摇曳着，空气中弥漫着微醺的甜味。我的眼前忽然掠过大片紫色的蝴蝶，我下意识地闭上眼睛，紫罗兰的香味铺天盖地地散过来，我脑中一片晕眩，再睁开眼睛的时候，前方的泠川已经不见了，我心中一急，四处张望，蓦一回头，却看见颜白微笑着站在我身后。

“寂雪，我心中的寂雪，从来只有你一个人。”他轻扬唇角，笑靥如花。

我重重一愣，一瞬间的失神，这些话，他是在对我说吗？下意识地冲到他面前，失声地说："颜白，你怎么会在这里？四大派的人没有为难你吗？你知不知道，寂雪她……"

颜白的脸忽然漾起一丝妖娆的笑容，一掌击过来，正中我的胸口。一阵闷钝的疼痛回荡在我身体里，我踉跄着后退数丈，跌坐在地上。

就在这时，眼前的场景忽然如烟雾般消散，只见泠川一脸关切地扶起我，方才梦幻般的画面瞬间变成一丛昏暗的树林，周遭的树上贴满了泠川贴下的黄符。原来我方才看到的颜白，不过是中了旁人的幻术。

一个面容秀美的黑衣男子面无表情地站在方才颜白站过的位置上，负着手，幽幽地望着我和泠川。

"三师弟，别来无恙。"他微微扬眉，言语间带着一丝挑衅。

"二师兄，这就是你欢迎我的方式吗？"泠川冷冷地说。

"你我同门一场，我无意与你为敌。"

"寂雪呢？她没有死，对不对？"泠川扶我靠在树上，专心看我，一脸无所谓地问他，神色间透着轻蔑。

"你怎么知道？"李成莞一愣。

"呵。小师妹寂雪的性子，除了大师兄当局者迷，旁人又怎么会看不穿？她是会因为师傅的死而愧疚自刎的女子吗？"泠川挑眉，淡然反问。

李成莞轻笑，手指一扣，眼中掠过一丝杀机。

"师兄忘记了吗？师傅怕云鬼门师兄弟日后自相残杀，在我们身上施了无音咒。你下的降头，伤不到我的。"泠川站起身，挡在我面前。

"我的确伤不了你。可是寂雪可以！"话音未落，李成莞闪电一般攻向我，泠川出掌抵挡，背上命门大开。就在这时，泠川身后忽然出现一个青衣女子，扬起手臂，那一掌眼看就要攻在泠川背上。

“泠川，小心！”我下意识地开口呼喊，却正对上青衣女子回眸正中下怀的笑容，我口中猛地被人塞进了什么，苦涩而干枯，入口即化。

青衣女子回过头来，竟是跟我一模一样的一张脸。

“寂雪，你干什么！”泠川慌忙回头，回身护在我面前。

“北堂泠川，云鬼门的三个师兄弟中，只有你对我未曾动心。想必应知我是何等人。”寂雪嫣然地笑，虽然与我面容相似，可是神态之妩媚胜我百倍。“我容不下这世上有个跟我一模一样的傀儡。”她幽幽地说。

“诸葛寂雪冰雪聪明，容貌倾国，世上没有几个男人会不对你动心。可惜生性凉薄，寡恩薄幸……如果我是大师兄，我宁愿选择这个固执又痴情的人偶。”泠川回头看我，神色温柔。

目光触及我的眼睛，眼神却忽然一僵。

“你给她下了死降？”泠川的声音甚至有些颤抖。

死降。

我的心一沉。

死降又称五毒降，这五类降头分别为蝎降、蛇降、蜘蛛降、蜈蚣降及蟾蜍降，那是降头中死相最惨的一种。发作时，中降人必定痛苦万分、死状凄惨，体内会突然孵出许多怪虫，自七孔中钻出，直至肚破肠流。

“寂雪，你何以如此恨我。”我直直地望着她，目不转睛。

她淡淡地回望着我，眼神中忽然掠过一丝酸涩，似是透过与他朝夕相伴的我，看到了颜白的影子。

“成莞为朝廷做事，富贵荣华，唾手可得。颜白，他根本不了解我。”寂雪叹气，似是想起了悠远的回忆。或许她是爱过颜白的吧，之所以这么恨我，也是因为这些年我替她承受了颜白的宠爱。

“我这么做，无非是想借着颜白的手得到三大奇珍，再借四大派的手除掉他。”寂雪看着我的眼睛一字一顿地说，像是在告别什么。“我要的不是日饮朝露，夕赏黄昏的神仙生涯，是他高看了我。”

八

我黯然地望着她，默默地从腰间取出玄霜剑，忽地刺到胸口，鲜血喷出破空的声音，在场所有人都是一惊。

泠川，你说过，只要我不再有心，就不再是人，就可以变回从前那个刀枪不入的傀儡。死降也就无法伤害到我。

可我活下来的理由，却不是为了自己。

如果颜白知道，他被自己倾尽一生去爱的女子欺骗了这么多年，他的心，将会怎样的疼呢？

清晰记得他刚得知寂雪死讯的时候，那死灰一般的眼神。从此以后，找寻三大奇珍就是他活下去的唯一原因。

如果颜白知道，他日夜搏杀想要寂雪复活，她却从来未曾死去，并且在李成莞身边富贵荣华地生活了七年，他，一定会很绝望吧？

我张开双臂，忽然微笑着拦腰抱住寂雪。紧紧的，此生再也不会松开。

从我挖心那一刻起，泠川就知道我要做什么了。他悲哀地看着我，幽黑的眸子忧伤成海。

九

木制傀儡有种绝境之时使用的禁术。可以瞬间引爆自己，烟花般燃烧，与敌人同归于尽。

我抱紧了寂雪，在她耳边嫣然地笑，轻声说：“你死了，他活着还有一个希望。我绝不会给你机会伤害颜白。”

寂雪秋水般的眸子里忽然充满了恐惧，死命地挣扎着。

“你害了我最爱的人一生，所以我要你灰飞烟灭。”我猛地收住笑容，仿佛今生所有的怨恨，都凝结在这一个瞬间。抱得她更紧，眼中居然呈现一丝满足的笑意。

一簇火焰冲天而起。

尾　声

寂雪一生只得一个“灭”字。断情绝爱，也许尚有一线生机。可她偏生遇见了你。——多年以后我才知道，那日北堂泠川扶乩得出的谶语，指的不是杜颜白心中的寂雪。而是我。这个一直站在他身后，徒劳地爱着他的，傀儡寂雪。

心灭，情灭，形神俱灭。

眼前瞬间掠过泠川翩然的白衣，雪花一样飘扬在月华池边绝美的黄昏里。

如果上天给我一个再来一次的机会，我宁愿不要再遇见颜白，一心一意做你的幽。

如果，傀儡也可以有来世的话。

金蝉子，三生三世不可忘

十世追随，等待千年又怎么样，你看我的眼神，始终悲悯如初。我终于明白爱是多么无奈的一件事，眼穿肠断也枉然。

一

我是西海冰原上的一只白狐，九百岁的时候初能幻化人形，日饮朝露，久对日月，竟生得乌云叠鬓，杏眼朱唇，月貌花容。走在集市上听见众人对我啧啧称赞，不由心花怒放，当街笑得花枝乱颤。忽然一个美貌女子把我拉到一旁，温和含笑地看着我，小声说："妹妹，你是狐妖吧。"

我一惊，睁大眼睛问："你怎么知道？"

那女子笑笑，说："妹妹你别怕，我与你一样是妖。只是你道行尚浅，行为举止与人相距甚远，这个镇子上有许多法师道士，你要多加小心才是。"

我呆呆地望着这个陌生的美丽女子，只觉心中一阵温暖，鼻子一酸，竟然有淡淡的水汽氤氲了眼眶。她是第一个对我好的人。漫长一生中，从来没有人如此关心过我。

后来她认我做妹妹，两个女子相依为命，原本孤独寂寥的生活也渐渐有了生趣。姐姐告诉我，人是比狐复杂得多的动物，有的时候心里明明想哭，脸上却在笑。只有当我学会隐藏自己情感的时候，才可以在人世间以假乱真地生活。

千年白狐万年红。姐姐是只红狐，已经练就了万年道行。原本再炼几百年便可脱离妖道成为一方小仙，可就在这个时候，她告诉我她爱上了一个人。

我双手托腮努着嘴问："姐姐，什么是爱啊？"

姐姐拍了拍我的头说："傻丫头，当你想为一个人放弃一切的时候，那就是爱了。"我似懂非懂地点了点头，接着问："姐姐爱上了什么人呢？"

"他叫冷于冰，是火龙真人的徒弟。"姐姐轻描淡写地说。

我拍案而起："冷于冰？姐姐你疯了吗？他是火龙真人的大弟子，曾经立誓要杀尽天下妖物的！姐姐，我们是妖，你不可以爱上他的！"

姐姐淡淡地笑笑，说："傻丫头，爱情是没有什么可以不可以的，当你爱上一个人的时候就会明白。"

我颓然地坐在石凳上，忽然有一点恐惧，我觉得我就要失去姐姐了。我在她脸上看到了从未有过的表情，那是飞蛾扑火的决绝。

当天夜里醒来，身边的姐姐已经不知去向。我急急出去寻她，沿着她的气味追到舍利寺，正看见一个散发宽袖的英俊男子手握一颗闪烁金光的珠子狠狠朝姐姐面门掷去，霎时间金光四射，天雷自天际滚滚而来，霞光万丈。姐姐的身体还原成红狐，一点点化作灰烬，消失在风里。那男子面带惋惜地说："你这妖孽，我本无意诛你，可你竟胆敢苦苦纠缠。今日就用雷火珠灭了你的元神，免得你再去害人。"

我的眼泪汩汩地流下来，姐姐，我唯一的亲人，就这样死在我眼前。被雷火珠所诛的妖会形神俱灭，再也无法转世轮回。而杀她的人，竟是她不顾一切去爱的人。

为什么会这样。

“冷于冰,我自知打不过你。可是姐姐的仇我不能不报。她那么爱你,你为什么要这么对她?”我伸出利爪朝他扑去,只求玉石俱焚。

冷于冰叹了口气,一手挥动袖子挡开了我,另一只手高举雷火珠,说:“妖孽,你何苦执迷不悟?”

“呵。什么是迷,什么又是悟。”我自地上爬起,再次扑向他。这一次他一掌打在我胸口,一手高举雷火珠朝我掷来。我闭上眼睛,生无可恋。

“冷于冰,手下留情。”一个声音自遥远天际传来,淡淡的,沉稳清澈。

我睁开眼睛,看见冷于冰收起雷火珠,颔首作揖,恭敬地说:“原来是金蝉子来了。”

金蝉子。我抬头,万朵金莲生华光,一个面目白皙眉眼细长的男子在金辉中一步步朝我走来,目光如镜,面无表情,长发及腰,美若女子。我望着他,忽然失去了一切思想,心里汪洋成海,温暖异常。

“此女颇有慧根,稍加点化,定能归于正道。”他面向冷于冰,笑容高贵而疏离。

我感激地望着他,不是因为他救了我一命,而是因为他没有把我叫作“妖”。

我的确是一只妖,可是这是命中注定的事,我又有什么办法呢? 我从来都不害人啊。

金蝉子转身看向我，仿佛看透了我的心思，悲悯地对我笑，说："姑娘，我知道你从不害人。世间万物皆有定数，有因必有果，只要你从此潜心修行，必有得道成仙的一天。"

我低下头，没有说话。

"不要再想着给你姐姐报仇。世事皆有因，那是她自己的选择。"他伸手扶起我，手掌宽厚手指修长。

他淡淡的一句话，竟然抚平了我心中悲哀的伤口，多么恢宏的救赎。

我站起身，不小心一个趔趄向前一倾，鼻尖抵在他的胸口，陷入他温暖的怀抱里。他宽大的袈衣下露出象牙色的皮肤，长长的黑发飘散在风里，笑容清澈。他说："对了，你还没有名字吧。我送你个名字可好？就叫无心。"

我很开心，我终于有名字了。无心。虽然我不知道这两个字是什么意思，可它是金蝉子送给我的，必定珍贵无比。他送了我一个名字，这不是身外之物，无影无形，却是任何人都拿不走的。

我忽然觉得如此幸福，同时心生一个凛冽的念头，只要可以跟他在一起，我愿意付出一切。

姐姐，我懂了。这，就是爱。

二

金蝉子将我送至西方广目天王座下，每日为他摇扇掌灯，听他诵经说法，我一日比一日聪慧清明了，渐渐明白许多以前不知道的事情，原来所谓生灭、断常、去来、真妄、善恶、缚脱、净染、圣凡都是相对的，世事归于无常。五百年后，广目天王送了我一朵金莲，说："无心，你已经可以熟诵万本经书，通晓佛法精理，我已经没有什么再能教你了。金蝉子说得没错，你确是个有慧根的女子。可是你心中始终化不开那道情魔，若不克服，再修炼千年也无法得道成仙的。你走吧，带着那朵金莲，它代表一个愿望。"天王望向我，目光如炬。

我躬身作揖，握着那朵金莲踏雾离开。自知这五百年来，我的心，没有一刻忘记过他。这么多年的潜心修炼，都只是为了再见到他时可以得到一个赞许的眼神，没有悲悯，只有爱情。

金蝉子是如来的二弟子，居住在六重天中的第二重天——忉利天上，位于须弥山巅，不是我这个尚未得道的小妖可以去得了的地方。正在兀自徘徊，忽然闻见一阵清香淡雅的花香，万朵金莲生华光。他与五百年前一样，在金辉中一步步朝我走来，目光如镜，面无表情。

"无心。"他轻声唤我，语调澄明。

"金蝉子，我好挂念你。"那一瞬间我几乎欣喜得落下泪来，什么矜持礼数也全都抛于脑后了。

他摇了摇头，说："原来这么多年来，你仍然没能领悟人生的虚空。其实我早知道你对我有情，原本以为佛法可以化解你心中的魔障。没想到……"

"爱一个人有错吗?"我打断他。"为了你我愿意付出一切啊，金蝉子，这世间没有人比我更爱你了，我们为什么不能……"

我话还没有说完，正对上金蝉子冰冷的眼睛。“佛经有云，但能无心，便是究竟。无心就是要无一切心，内如木石，不动不摇，外如虚空，不塞不碍。这就是我给你取这个名字的原因啊。无心，这五百年，你是虚度了。”他拂袖，转身欲走。

我拉住他宽大的袈衣，哽咽着说：“金蝉子，我求你不要走。我真的爱你啊，那爱，渗入每寸骨髓，真真切切。是你让我明白什么是爱，那抑止不住的思念，那望眼欲穿的等待……金蝉子，你为什么不肯爱我？”

他回头看我，眼神里多了些疼痛，少了些悲悯，他抚摩着我的额头对我说：“无心，你这是何苦。我自以为那是帮你，结果反倒害了你。要怎样你才能明白，我已万法皆空，心中无物。”

我直直地仰望他，眼泪汩汩而出。牙齿咬住嘴唇，咸涩的血液流入口中，忘了疼痛。

无边无际的绝望。

三

那日，我伤心欲绝，自天界坠落，从此流落人间，做回我无拘无束的狐妖。可是金蝉子，我仍然忘不了你。偶尔也会学着你的样子，本着一颗向善的心为世人指点迷津，渐渐地，竟被人当成一方散仙，潜心供奉起来。

一天夜里，我听见院中响起击鼓鸣乐的声音，窗外一片光亮，人声鼎沸。

我披了衣服出去，只见院中站了许多女子，中间的一个容颜华贵，自面上看不出年龄，锦衣金冠，眼神媚惑，妖气冲天。身边摇扇的侍女朝我喝道：“大胆狐妖，鄱阳圣母在此，还不下跪。”

为首的女子斜眼看了那侍女一眼，不怒而威，侍女慌忙退下，表情惶恐。我淡淡笑笑，问：“我与圣母素无瓜葛，不知深夜造访，所为何事？”

“我是九华山天桥洞鄱阳圣母，久仰无心姑娘大名，特来拜访相邀。”那女子言谈高贵礼貌，只是藏不住妖精那媚惑的眼神。

我摇了摇头：“道不同不相为谋。圣母请回吧，无心只是一方小妖，恐怕受不得圣母赏识。”

她身边的侍女又道：“不过是只千年白狐罢了，有什么好得意的？听过两天经就以为自己是神仙了吗？”

我笑，并不生气，转身欲走，只听圣母笃定沉稳地说：“无心，难道你不想得到金蝉子吗？”

我停住脚步，他的名字总能让我心跳失速。他是我的死穴命门，任何人都可以借着他致我于死地。

“无心，跟我回九华山，我会帮你。”那女子堆砌了一脸关切的笑意，却丝毫不觉得温暖。

我点了点头，顺从而沉默。

来到九华山以后，渐渐得知这女妖的来历。她原本是鄱阳湖中的一个鲲鱼精，有五千多年道行，刀剑不能入，雷火不能伤，又盗取了上天《天罡总枢》一书，法力更强。自封“鄱阳圣母”，宫阙奢华，独占一方。

一日，我问她："你凭什么可以让金蝉子爱上我？"

圣母走过来亲自帮我梳头，说："无心，你看，镜中的你绝色倾城，任何一个男子见了都没有不爱的道理。金蝉子曾经救过你，他一定是爱你的。只是后来陷入魔障，迷失了心志罢了。"

我笑，强忍着眼泪。她说出了我的梦，尽管那样脆弱易碎，漏洞百出，却还是让我心旌摇曳。我愿意付出所有，只为换取金蝉子爱我一天。"我该怎么做？"我问。

"你先用冷于冰的雷火珠轻击金蝉子的面门，然后对他念《天罡总枢》第二十八章，他就会走出魔障，拾回本心。"鄱阳圣母双手放在我的肩上，以一种亲近关切的姿态。

"《天罡总枢》在我这里，当然可以借给你。至于冷于冰的雷火珠，就要你自己去拿了。"她拔出头上的一根珠钗别在我头上，镜中的自己美艳不可方物，她说："妹妹，我这都是为你好。"

那一瞬间，我想起了姐姐。仿佛时光倒转，我与红狐姐姐回到西海冰原上的山洞里相依为命，日子平淡，却自在舒心。也许鄱阳圣母是真心对我的，就像姐姐一样。

第二天我动身去找冷于冰，为了他的雷火珠。

"无心，你曾受到金蝉子点化，并在广目天王那里诵经念佛了五百年，为什么还是脱不了妖道，修不得正果？"冷于冰对我没有丝毫的防备，他以为我已经看破凡尘，忘记了他是杀死姐姐的仇人。

"冷于冰，无心有几个问题始终想不通。你可以帮我吗？"我抬头，露出虔诚粲然的微笑。"妖为什么是妖？仙又为什么是仙？一切都是注定了的,万物苍生为什么不可以选择?”

冷于冰看了看我的眼睛,欲言又止。

“姐姐曾经告诉我,爱,就是可以为一个人放弃一切。我不明白你为什么可以亲手杀死一个深爱你的人。她那么爱你。其实,人才是最可怕的生物啊。”我的眼神霎时凌厉起来,将鄱阳圣母给我的银针狠狠刺向他。冷于冰措手不及,眼看就要给我取了性命。我忽然想起金蝉子悲悯澄澈的眼神,手停在半空,犹豫不决。

冷于冰回过神来,一掌打在我的胸口,取出雷火珠直击我面门。“无心,我原本以为你已经脱离妖道改过自新,没想到你仍然执迷不悟。今日,休怪我无情了。”

余光瞥见躲在远处观望的鄱阳圣母拂袖离去。她没有来救我,这也是预料之中的事情吧。其实早该想到她只是利用我来夺雷火珠,区区《天罡总枢》又怎么左右金蝉子的爱情?原来世间肯对我好的人始终只有两个。姐姐死了,而金蝉子,他不爱我。

我扬起嘴角,竟然笑出声来。我既然生来就是妖,那为什么还要脱离妖道呢?只能说我是一只失败的妖,连害人都不会。

这时,竟又听见那曾在我梦里百转千回的声音,熟悉而遥远,他自天边踏雾而来,万朵金莲生华光。

“无心。”他轻声唤我,声音疼痛而悲悯。

我忽然羞愧难当,为自己的愚昧和罪恶。一头撞向冷于冰手中的雷火珠,带着飞蛾扑火的决绝。一串珠泪落在身后,折射夕阳晚照的余晖,晶亮摄人。就如我那卑微的心,那一丝骄傲是仅存的美好。

生命消失前，我看见他眼睛里那抹浓重的悲哀。

金蝉子，你可不可以告诉我究竟什么才是缘分？缘分，不应该是上天注定的一段姻缘吗？可是为什么我的缘分只是一个人徒劳的痴缠思恋？

其实你是爱我的吧？只不过，那爱，是对世间万物的博大之爱，浩瀚宽广，宏量无边。

四

在金蝉子的庇护下，我的肉身虽死，元神却没有寂灭。

极乐净土。

我听见金蝉子的声音，他说："因前有因，永永不能知其始。果后有果，漫漫不能测其终。是所谓无前无后，无始无终，变化无常。"

西天。

"金蝉子，你准备好你的法论了吗？"如来笑问。

"我突然不想论什么了。"金蝉子说，"我永远无法用语言来表述一棵树的生长，一朵花的全貌。我只想问一个问题，生命的真义是什么，请不要用语言来告诉我。"

如来不再看金蝉，他从座边拈起一朵花。

金蝉子定在那里，一句话也说不出来。

如来的大弟子迦叶却在一旁微笑了。

如来叹道："金蝉子，我本以为悟的会是你。迦叶，你可得我正法了。”

迦叶上前跪倒。

众弟子皆唱法颂。西天霞光大盛，天空花雨纷纷散下。

金蝉子仍立在那，如木雕一般，花瓣纷扬，他俯身跪下，说：“我懂了。”

无心，这就是我们的前世。

你就是那朵被佛祖用来点化我的花。我们之间的缘分其实很浅，却因了你的执着而变得如此纷繁纠结。佛祖已派我转生为人，下界去西天取经了。为的就是普度世人，化解痴怨情仇。

无心，保重。

五

五百年后。

我是西海龙王敖闰的三女儿，一条纤细幼小的白龙。自小喜读佛经，灵慧过人。

唐玄奘师徒四人去天竺取经，我央求父王让我同去。父王疼我，亲自带我去求观世音菩萨，菩萨笑着点头，那笑容，意味深长。

见到唐玄奘。他宽大的袈衣下露出象牙色的皮肤，笑容清澈。我成了他的坐骑，白龙马。从此与他相依相伴，不离不弃。

只那一个眼神，我就知道他已经不认得我了。这一世，他只是个凡人，曾经的所有都已在岁月的洪流中灰飞烟灭。

为什么只有我一个人意犹未尽地怀念。

没有人知道，五百年前，白狐无心死时手中紧握的是西方广目天王圣赐的金莲。他曾说："它代表一个愿望。"

我一遍又一遍地许愿。我不要忘记他。来世，我要他与我相依相伴，不离不弃。

愿望实现了。我终于可以在离他最近的地方听他轻声叹息，细语呢喃。只是，他已经忘记了那朵花，那只狐，那个纠缠的无心，那个逐爱的女子。

我想起极乐净土巨石上刻的那首诗，我想，我明白了金蝉子所说的万法皆空。

菩提本无树，
明镜亦非台。
本来无一物，
何处惹尘埃。

生命原来是一场盛大的幻觉。

缘生缘灭时，都在幻中游。

旱魃泪

旱魃为虐，如惔如焚。

——《诗·大雅·云汉》

一

南方赤夏殿。

伏羲哥哥在大殿门口看到我，眼睛里闪过一丝惊喜，走过来拍拍我的头说：“涟森，几年不见你出落得更美丽了，当年那个哭哭啼啼的小丫头长大了呢。”

我的脸一阵灼热，红得好像天边的云朵。低头摆弄着裙角，撇了撇嘴说：“遥妃姐姐呢？怎么没有好好管住你，让你到处乱跑乱说话。”

伏羲哥哥轻轻刮了一下我的鼻子，宠溺地说：“小丫头，牙尖嘴利。”

我朝他眨眨眼睛，露出粲然的笑容。许多年没有见到伏羲哥哥了，其实我很想念他的。

这时遥妃姐姐走过来，挽住伏羲哥哥的手臂说：“谈什么呢，笑得这么开心。”

伏羲哥哥敛了敛笑容，说：“涟森已经长大了，不知是否还像以前那般爱哭。”他的表情忽然变得那么深，眼底竟然好像流淌着柔软的忧伤。

我走过去拉着遥妃姐姐的手说：“姐姐快进去吧，是父亲派我来接你们的。”

走进大殿，父亲坐在高高的玄玉王座上对我们露出慈爱而温暖的笑容。

我的父亲是南方帝王神农氏，传说他是太阳神转生，所以也叫炎帝。此时神州大地分为东南西北中五个部落，东方部落的首领是伏羲哥哥，南方部落的首领是父亲炎帝，北方部落的首领是颛顼，西方部落的首领名叫少昊。而中央圣土，则是由天帝直接掌管的。东南西北四个部落一直纷争不断，彼此都想吞并四方统一天下，成为五洲之上唯一的霸主。其实父亲是个没有野心的人，只是为了族人的安稳不得不卷入这场无边无际的纷争。东方部落的伏羲哥哥不但正直坚强，而且聪明过人，观象于天，取法于地，熟知阴阳五行之略，自创乾坤八卦。赤夏殿从前原本叫作金方殿，可是伏羲哥哥说南方属火，五色属赤，五季属夏，就叫赤夏殿好了。

父亲很欣赏他，于是早早把姐姐遥妃许配给他，希望两个部落可以联合起来共同抗敌。

姐姐遥妃近年来一直跟在大神赤松子身边修道，原本浮躁易怒的性格也收敛了不少。玄玉王座上父亲笑意吟吟地宣布三天后是姐姐的婚期，整个部落大庆三天。我看着姐姐脸上温柔甜蜜的表情，由衷地为她高兴。可是伏羲哥哥脸上却没有笑容，他叹了口气对父亲说：“听说黄河沿岸崛起一支新的部落，首领叫轩辕氏，因为占据黄河沿岸，所以也被称作黄帝，他是个很有野心的人，几乎要占领了少昊的西方部落。外患未除，我认为现在不是举行婚礼的时候。”伏羲哥哥转身离去，忽又停住脚步侧头看了我一眼，眼神那么疼痛。

当他决然的背影消失在视线尽头的时候，姐姐遥妃早已泪流满面。姐姐从小就不爱哭，记得小时候父亲曾经笑说姐姐的眼泪都由我来替她流了。我一直是个爱哭的孩子，可姐姐不是。她现在流了那么多的眼泪，心里一定疼痛异常。我的眼泪不知不觉流下来，我走过去抱着姐姐说："他会回来的。"姐姐摇了摇头，拨开我的手，落寞而去。

夜里，残月如钩。

我穿着单薄的纱衣独自坐在赤夏殿顶端的占星台上望着月亮发呆。我在想伏羲哥哥。为什么他看我的眼神那么疼痛，为什么他不肯跟遥妃姐姐举行婚礼。我突然不敢再想下去了。我已经长大了，尽管幼稚，却不驽钝。

忽然觉得一阵温暖。有人自身后用披风裹住我，双手握住我的肩膀，热力丝丝渗入我的每根经络。我回头，轻声唤他："伏羲哥哥。"声音里没有惊讶，因为一切如我所料。

伏羲哥哥挑起剑一样锋利的眉，说："涟淼，你怎知是我？"

我与他面对面站着，直视着他的眼睛说："伏羲哥哥，你不肯跟姐姐结婚，是因为我吗？"

一句话，长驱直入，一针见血。伏羲哥哥忽然手足无措起来，转过身去，躲闪着不敢看我。

"伏羲哥哥，记得我第一次见到你是在汉水边，那日我与父亲和姐姐走散了，哭得很伤心。你走过来帮我擦眼泪，牵着我的手送我回家，手掌那么温暖。"我步步逼近，说着说着落下泪来。

“可是我一直把你当哥哥啊。只是哥哥。姐姐她真的爱你，错过她你会后悔的。”我哽咽起来，声音断断续续的，泣不成声。

伏羲哥哥转过身来狠狠抱我，下巴抵在我头上，说：“涟森，从那一天起我就告诉自己，我一定要保护那个哭泣的女孩子，让她不再受委屈，不再流泪。我一直在等你长大。我喜欢的人是你，一直是你。”伏羲哥哥一向是个冷静隐忍的人，我从来没见过他这样真情流露的样子，炽热的怀抱几乎将我融化。一时间我沉沦其中，竟然背叛了自己的理智，不忍心挣开他，只能靠在他怀里无声地落泪。

片刻之后，他的手松了松。我听见伏羲哥哥惊讶的声音，他说：“遥妃，你怎么在这里？”

我的心一沉，猛地回头，正对上姐姐幽怨的眼神，冰冷而决绝。她直直地看着我说：“涟森，我永远不会原谅你。”

我最害怕的事情还是发生了。我同时失去了唯一的姐姐和疼爱我的哥哥。姐姐的背影消失在无边的夜色里。我轻轻推开伏羲哥哥，说：“伏羲哥哥，我不爱你。我不能爱你。”

我转身离开赤夏殿。姐姐向西走了，于是我选择往北。我们是姐妹，我们的身体里流淌着同样倔强的血液。事已至此，只好彼此远离，永不相见。

二

我从小就是个容易迷路的孩子，魂不守舍地走了三天三夜，已经不知自己身在何处了。我沿着一条长长的河走,又疲倦又悲伤,终于失去了知觉。醒来的时候发现自己正躺在一个温暖的帐篷里。我跌跌撞撞地起身,走到门口忽然怔住。

高高的祭台上,一个黑发及腰的男子高举双手仰望天空。玄色的披风猎猎作响,翻飞如旗帜。我仰头,这是我所见过的最灿烂的星空。二十八星宿齐聚在他头顶,天生异象,天下必有一场巨大的变革。

黑发男子回过头来,竟是比伏羲哥哥还要俊美的一张脸,眼睛细长,瞳仁漆黑如墨,深不见底宛如深潭,剑眉斜飞入鬓。他的嘴唇很薄,并且棱角锋利。我想起小时候伏羲哥哥曾经告诉我,唇越薄的男子越薄情。他微微扬起嘴角,淡淡地说:“你醒了。”

我点了点头,脚下却忽然一软险些跌倒。久卧病榻,我的身体仍然很虚弱。他飞奔过来扶住我,温暖的手掌覆住我的额头,摇摇头说:“想必你受了很重的伤,恐怕要很久才能复原。”

我流泪。喃喃地说:“我没有受伤,我只是伤害了爱我的人。”他伸出白皙修长的手指抹去我脸上的泪,说:“一切都过去了。我们一起重新开始,好不好?”

我的眼泪愈加汹涌,大片大片地晕湿了他的玄色长衣。他紧紧抱着我,一如当日伏羲哥哥那般炽热温情,我的头抵在他的胸口,可以清晰地听见他心跳的声音。他的手指摩挲着我的长发,青丝绕指柔。

直到那一刻,我才确定什么是爱情。就像生命中的一根救命稻草,以一种救赎的姿态笃定地向我走来。一直隐忍着的情感一泻千里,将寂寞燃烧成最绚丽的焰火。伏羲哥哥默默爱了我那么多年,但凡是女子都不可能不动心的。我不是不想爱，我只是不能爱。

于是这一次，我爱得倾尽全力，没有退路。

三

我为自己取了一个新的名字，叫轩辕魃。轩辕是黄帝的姓氏，魃是干涸的意思，我希望自己再也不要流泪了，所以抛弃了“涟淼”那个水淋淋的名字。我也想要忘记过去。

他说要我们一起重新开始的。

可是我也渐渐发现，他是个拥有万丈雄心的男子，他说他要吞并四方统一五洲，开创一个崭新的时代。与他相伴的时间并不长，但却是我最快乐的一段日子，没有忧伤只有幸福，我的眼泪，竟然一滴都没有流。

可是忽然有一天，轩辕对我说：“北方部落的首领颛顼为人暴虐并且兵强马壮，我光靠武力无法取胜。他，酷爱音乐和美人。”他顿了顿，“魃，你可不可以帮我？”

我忽然愤怒。“你已经灭了少昊的西方部落，你的族人已经占据了那么大的土地，你现在又要灭掉北方颛顼！然后呢？是我的父亲神农氏还是东方部落的伏羲？”

黄帝转身离去。没有安慰亦没有解释。我独自枯坐至入夜，刚才的愤怒一点一点熄灭，竟然有些于心不忍。我想我爱他，就应该包容他支持他，他要我帮他，其实也是无可厚非的吧。急急地出去寻他，却看见后花园里盛放的梅花里有两个人的身影。那个女子极美，并且并非凡人。她是九天玄女，她送天庭的秘籍灵符给他，教他奇门遁甲之术，助他一统天下。

夜凉如水。我忽然明白，黄帝需要的不是任性娇纵的软玉温香，而是可以助他完成宏图大业的凌厉女子。也终于绝望地发现，他不爱我。倘若他爱，也不会在撇下我扬长而去之后马上和另外一个女子赏月聊天。

我的眼泪，奔涌而出。

破晓，我起身前往北方部落。以前曾听父亲说过，颛顼喜爱音乐，经常自己抚琴演奏，并让飞龙效仿风声，猪龙婆作乐师配乐。他深谙音律，说话声音都如敲钟击磬，温厚洪亮。我抱着一把琵琶混进他的宫殿当歌姬，一曲终结，余音绕梁。

他走过来捏住我的下巴，说："你这么美，为什么我以前没有见过你？"

我握住他的手，千娇百媚地说："我怎么知道？你害我等得好苦。"

那晚是上弦月。天空晴朗，星月争辉。我用琵琶弦亲手勒死了一个欣赏我音律和美貌的无辜之人。

是伏羲哥哥教我弹琵琶的。我曾经以为，我可以一辈子跟他与姐姐待在南方部落，他们幸福，我就幸福。

断了的琵琶弦浸没在猩红的血迹里，凌乱而肮脏。我的泪汹涌而无声地流，洗不尽的哀伤，止不住的悲戚。

忽然很想知道，有没有那样一个地方，可以让住在那里的人不再流泪。我开始寻找那样一个地方，我真的不想再为爱流泪。

我没有回到黄帝身边，开始一段有关寻找的漫长而孤单的流浪。

寻找，寻找。然后在寻找的过程中一次又一次地背叛自己。天空中掠过的一只飞鸟，森林里绽放的一朵花都能轻易勾起我对他的回忆，脑海中一遍又一遍地浮现他黑色的及腰长发，他冷漠深邃的眼睛，他明亮生动的笑容。我的泪再也没有停。

一日，我来到一处僻静的山谷，里面开满了淡黄的小花，花瓣下结着小小的红色果子，香气扑面而来。我被这种奇特的小花吸引，禁不住驻足，静静地望着。

忽然看到两个侍女打扮的女子，径直过来采摘了许多这种花，兴高采烈的样子，其中一个说："这么多的情花，一定可以卖个好价钱，不知会帮到多少痴男怨女成就美事呢。"

另一个笑笑，说："也不枉我们翻山越岭地走一遭了。"

我忍不住问："请问姑娘，你们说的情花是这种黄色的小花吗？这是什么花，为什么以前我没有见过？"

她们这才发现身后有人，很耐心地告诉我说："这种植物其实叫作遥草。黄色的花叫情花，红色的果叫爱果，食过之人可以被他人爱恋，跟自己钟情的人白头偕老。"

我点了点头，走过去摘了一朵握在手里，竟有一种似曾相识的感觉。两位姑娘采够了花便离开，临走之前对我说："这花真的很灵的，姑娘不妨一试。"

我握着这花呆立许久，终于含着泪放到嘴里。我已经什么都没有了。世界上根本就没有一个可以让人不流泪的地方。我想回到黄帝身边，只要他肯真心爱我。

花一入口，体内忽然剧烈地疼痛，像有一股火焰烧烤着我的心，五脏六腑都像要燃烧起来了一样，炽热难当。我痛苦地跌倒在地上，手指嵌进泥土里，血染红了一大片泥土。

恍惚之中竟然看到了姐姐。她冷冷地望着我说："涟淼，我说过我不会原谅你的。是你一手毁灭了我的幸福。"

姐姐！这么久没见，我有好多话想跟她说，她甚至让我忘记了疼痛，可是没等我开口，她继续冷冷地说："那日我走了之后，在中央圣土的山涧之中遇见玉皇大帝。他收留了我，他说遥妃，我不会再让你流离失所。我以为我终于找到幸福了，可是一年以后，他的妻子西王母来找他，把他逼回了天庭。我那时才发现，原来自己爱上的，竟是那样不堪的一个男子。我于是自了生命。精魂变成了遥草，开出情花爱果，只希望可以帮助那些痴心的人得到真爱。任何人都可以得到真爱，只有你不可以。涟淼，你总是流泪。现在我就抽干你身体里所有的水分，让你再也没有泪可以流。"

我挣扎着伸出手去，徒劳地挥舞，我哽咽着说："姐姐，姐姐，你原谅我，我真的很想你……"

姐姐的幻象忽然消失，只剩空旷的风回荡在山谷之中，如泣如诉。我的泪再也流不出来了。

那一日，那株植物真的燃烧了我身体里所有的眼泪。身体干涸了，心也干涸了，炽热难耐，口中涌动一股热气浪花一般翻滚在唇边。四周的空气骤然燥热起来，我吸收了身边所有的水气，赤地千里。

四

渐渐地我的容貌也发生了巨大的变化。由于体内不再有水分，我的皮肤加速枯萎衰老，头上的三千青丝也只剩下稀疏几根丑陋的绒毛。我是用手摸到的，我无法看到自己的容貌，因为我靠近的每一片水域都会迅速干涸，赤地千里，寸草不生。

我走到哪里都会给那里的人带来灾难，只好隐居在西边的一片沙漠里，每日枯坐如磐石。我很想念我的父亲，伏羲哥哥和黄帝，我知道我再也见不到他们了。我终于不再流泪了，眼泪和爱，同时在我生命中消失了。

日子沉寂地过，日升日落，我呆呆地坐望天空，不知今夕是何年。忽然有一日，一个极美的女子出现在我面前。

时隔多年，我依然认得她。九天玄女，容颜依旧绝美，而我，却已经成了一个只会制造旱灾的丑陋怪物。

她开门见山地说："黄帝已经统一五洲，当前唯一的敌人是蚩尤领导的部落，他现在需要你的帮助。"

我苦笑。"我这个样子，还能帮他什么？"许久没有说话，听到自己的声音居然觉得这般可怕，沙哑梗塞，阴阳怪气。

"黄帝手下本有一只可以呼风唤雨的应龙，可是蚩尤请来了风伯雨师，风雨猛烈，应龙的法术无法施展，军队即将溃散。你可以带来旱灾，所到之处赤地千里，风伯雨师必定奈你不得。"九天玄女的神情急切，看得出来，她是真的为黄帝打算，没有奚落嘲笑我的意思。

我沉默良久，终于点了点头。我还有什么犹豫的呢？能再看一眼黄帝，以后多少个孤独枯坐的日日夜夜晨晨昏昏也平添了许多乐趣吧。我几乎要忘记他的样子了，我是多么刻骨地想念他。

现在这样，算不算是绝处逢生。

我忽然又开口，说："我有一个条件。"

九天玄女点了点头说："我知道你的条件。放心，我只说来找旱魃助阵，他只是个凡人，他并不知道旱魃就是你。"

那一日，我出现在黄帝面前，狂风暴雨顿消，烈日当头炎热无比。蚩尤的军士惊异不已，士气大减，应龙和黄帝的军队趁机扑杀上去，大败蚩尤。

他亲自过来谢我。岁月催人，他也苍老了许多，只是那眸子里深邃的英气一如当年。我明知道他不知是我，却还是逃也似的离开了，我现在的样子，怎么可以被他看到。其实也许他早就忘记了那个曾经叫作涟淼的女子，总是一副梨花带雨的样子，身体里好像有无穷无尽的泪水。她给自己改名叫轩辕魃，只因想跟你重新开始，去过一种没有泪水的生活。延续了你的姓氏，却终究留不住你的爱情。

这一个照面，结束了一切。即使是个怪物，我也要好好地生活下去。

我来到赤水以北，亲手用石头搭建了一座苍凉的城。

这是一座空城。没有记忆，没有爱情。

我叫它，无泪之城。